LARGO ALIENTO

by
Ramon Jaime Estrada Soto

*En Trafford Publishing creemos en la responsabilidad que todos, tanto individuos
como empresas, tenemos al tomar decisiones cabales cuando estas tienen impactos
sociales y ecológicos. Usted, en su posición de lector y autor, apoya estas iniciativas de
responsabilidad social y ecológica cada vez que compra un libro impreso por Trafford
Publishing o cada vez que publica mediante nuestros servicios de publicación. Para
conocer más acerca de cómo usted contribuye a estas iniciativas, por favor visite:
http://www.trafford.com/publicacionresponsable.html*

*Nuestra misión es ofrecer eficientemente el mejor y más exhaustivo servicio de
publicación de libros en el mundo, facilitando el éxito de cada autor. Para
conocer más acerca de cómo publicar su libro a su manera y hacerlo disponible
alrededor del mundo, visítenos en la dirección www.trafford.com*

Trafford rev. 07/13/09

 www.trafford.com

Para Norteamérica y el mundo entero
llamadas sin cargo: 1 888 232 4444 (USA & Canadá)
teléfono: 250 383 6864 ♦ fax: 250 383 6804 ♦ correo electrónico: info@trafford.com

RESEÑA BIOGRAFICA DEL AUTOR

Ramón Jaime Estrada Soto, nació en la ciudad de Coyhaique, país Chile, un 20 de Abril de 1957. Desde niño lo han llamado siempre por su segundo nombre, Jaime.

Realizo sus estudios básicos en su ciudad natal, la educación media en la ciudad de Puerto Montt y la universitaria en la ciudad de Valdivia.

Fue en dicha ciudad donde se tituló de Ingeniero Agrónomo en el año 1986.

Desde la adolescencia a escrito varias poesías, pensamientos y cuentos cortos, actualmente inéditos.

Escribir este, su primer libro fue siempre un desafío y un proyecto de vida; fue así como esta obra paso cuatro años guardada, saliendo a la luz recién el año 2008.

Actualmente el autor vive alejado de la ciudad, en la Carretera Austral, a 19 kilómetros de la ciudad de Puerto Montt, Provincia de Llanquihue, Región de Los Lagos, Chile.

DEDICATORIA

Con mucho cariño para mi familia conformada por Mirna mi esposa, mis hijos Valentina y Nicolás y mi mamá Adelaida, Lala.

Es un honor para mi, entregar una Mención muy especial para mi querido viejo Ramón, quien ya no está con nosotros, pero que en existencia, compartimos tantos Libros de Vida.

I N D I C E

PROLOGO

Esta historia se basa en la vida de dos niños que aún siendo diferentes por su nacionalidad, costumbres, religión y condición social, fueron capaces de construir en el tiempo una gran amistad, que sobrepasó un hito muy importante como lo fue la Segunda Guerra Mundial, pues este lazo afectivo nació antes de la Guerra, se mantuvo durante y después de ésta.

Los valores, como la perseverancia, respeto, incondicionalidad, tolerancia, amistad y el valor de la palabra, permiten al lector pensar que el cultivo de ellos lleva, necesariamente, a conseguir la tranquilidad personal, tan esquiva en un mundo tan moderno.

El autor es de nacionalidad chilena, de profesión Ingeniero Agrónomo, y por un lapso de 4 años guardó la temática del libro, fue perfeccionándola cada cierto tiempo, y hoy lo escrito, es el primer intento formal, de acercamiento al mundo literario.

La Obra merece ser considerada, por el sinnúmero de realidades ocurridas, como la niñez, la adolescencia, la adultez, la guerra, los horrores de la misma y la solidez de una amistad.

Es absolutamente cierto, que estas letras no pretenden competir con nadie, solo desean salir a la búsqueda de alguien, que aunque conozca variados ejemplos de vida, piense que entre ellos posiblemente también existieron la de los protagonistas.

Se desea expresar muy sinceramente el aporte incondicional efectuado por amigos como Enrique, John, Javier, Byron, Nicolás, Valentina y Patricia.

CAPITULO I

ETAPAS SUPERADAS

El año 1925 fue muy especial, habían sucedidos varios acontecimientos que al mundo habían remecido y sobre todo en Alemania, donde nacían los primeros atisbos de odio hacia los descendientes de Judea.

Dresden, era una pequeña ciudad de Alemania que se caracterizaba por tener inclinación barroca, parques bien cuidados y un verano siempre excepcional, lo que permitía que sus árboles, plantas, campos, sus inmensas praderas, ríos y volcanes, se vistieran con sus mejores ropas naturales, convirtiéndola, día a día, en una ciudad majestuosa, única en toda la vasta zona.

Un balón de fútbol apareció en medio de tanta belleza y tras ella, varios niños que no superaban los seis años jugando con ella; un rato después, cansados de tanto correr, se dejaron caer sobre el césped del lugar, varios infantes, que solo reían y discutían por el partido ya terminado.

Un vehículo se estaciona cerca de los niños y una mujer conmina a uno a acercarse, el jovencito sale corriendo y dice - mamá en media hora más estoy en casa - ante esto la dama acepta la propuesta y envía un saludo con sus manos para todos los presentes.

El niño en cuestión gira y grita hacia sus amigos -¡hey checo!, a qué hora vamos a correr al estadio - en eso se asoma entre todos los niños un muchacho de figura delgada que sonríe y le dice - a las 18:00 horas, te estaré esperando para ver "tu recuperación" y sonríe -ante lo cual Antón, deja escapar un movimiento a su mano derecha que parece explicar que lo indicado por su amigo, no es otra cosa que una tontera.

La casa de Jakub Fajkus, el muchacho de la figura delgada, era pequeña, pero confortable, tenía tres piezas, un gran comedor, una pequeña sala de espera, un toillette y una cocina donde su madre de nombre Ivanna lavaba cada día los platos y demás enseres luego de las tertulias familiares. El papá, era un hombre alto y delgado, bastante agradable en el trato y muy alegre. Se desempeñaba como chofer del Embajador de Checoslovaquia y se hacia llamar Ondrej.

El mencionado señor había sido en su país natal Checoslovaquia un eximio corredor de larga distancia (42 kilómetros) y era por tanto un indiscutible admirador de la Contienda Olímpica, La Maratón.

Cada fin de semana cuando el tiempo le alcanzaba, Ondrej salía con su hijo y corrían a lo largo de una gran avenida, que terminaba en dos grandes árboles, que le servían para descansar y conversar, lo cual era también la mejor forma de recuperar energías cuando se estaba corriendo en una larga distancia.

El almacenero que existía a unos doscientos metros de la casa de Ondrej, llamado Alfred Schrer, queda parado a distancia y espera que se acerquen y con voz y mirada un tanto preocupada le dice – sabes, estoy preocupado por tu hijo, tú lo haces correr demasiado, el todavía es un niño, es como si tu estuvieras preocupado de que rápidamente aprenda a escapar. Si es así ¿de qué? Seguramente escapa de ti, porque teme que agotes sus pulmones -

El espigado chofer hace una pausa, más lenta de lo normal, y después de inhalar abundante oxígeno, mira al almacenero y le contesta - ¿de veras? gracias por preocuparte por la salud de mi hijo, quizás tengas razón, no debo hacerlo correr tanto, quédate tranquilo, controlaré la situación de mejor manera las siguientes veces, pero él tiene que hacer ejercicios, con el fin de no atrofiar sus posibles potencialidades en lo que se refiere a correr distancias, ojalá mi niño pueda lograr algo importante, y no sea como yo, que no me alcanzó para clasificar al evento Olímpico, a pesar de hacer siempre buen tiempo de carrera, no lograba el considerado como ideal –

Después de pasado unos años, llega el día en que Jakub se encuentra preocupado ante la necesidad de tener a tiempo su vestimenta para Licenciarse de Secundaria Profesional. Con sus 18 años ya sabe que ha culminado una etapa en el Colegio y en Secundaria y que deberá enfrentar otra con mayores exigencias.

A fines del año 1933, y en una tarde bastante nublada, aparece Ondrej, un poco cansado, con el pensamiento puesto en el maletero del auto, que siempre conducía al Cónsul de su país en Alemania; rápidamente se acerca a la parte trasera del vehículo, y al mismo tiempo se siente la voz de su hijo quien le grita - ¿papá, me trajiste el traje para mi Licenciatura? - levantando una bolsa larga, Ondrej, con ojos avispados, le indica con los dedos, que está solucionado.

Durante la ceremonia de Licenciatura, sólo se oye la voz del Director del Colegio y una u otra tos que incomoda a algún asistente. Sin embargo, al llegar al final del discurso, ya se comienza con el detalle de los alumnos premiados por su dedicación al estudio. Ante esto Jakub y Antón se miran y parecen conversar con sus dedos, ellos seguramente no están en ese listado, porque no han alcanzado rendimiento de excelencia.

En la sala, y luego de pedir silencio, uno de los profesores se acerca al borde del estrado y con voz potente indica - "queremos esta vez entregar un reconocimiento a alumnos que se han destacado en el área deportiva, para lo cual llamo al señor Jakub Fajkus y a Antón Schlesinger a subir al escenario" -

La mirada de ambos jóvenes ya no fue para reírse el uno del otro, tenía ahora un dejo de asombro, de no encontrar una explicación lógica; sus cuerpos siempre rápidos en reaccionar, esta vez lo hicieron lento y con difíciles movimientos. Se dispusieron a subir al estrado y Antón le preguntó a su amigo - ¿de qué nos premian? - Y Jakub le susurra - ¡esperemos que sea para algo bueno! -

En ese momento la mente de Jakub fue invadida de varios recuerdos de su todavía niñez- adolescencia y es porque casi tres veces por semana, concurría con su amigo Antón a un estadio de la ciudad de Dresden a correr alrededor de la cancha de fútbol. Y la carrera de entrenamiento era de 43 km., la que lo hacían ambos en 2 horas 56 minutos en promedio, sobrepasando, a veces, las tres horas y cuatro minutos. Todo lo realizaban para ejercitarse, pero también era para estar preparados para las competencias internas del Liceo, en donde se unían con ellos otros centros educacionales de la zona.

En la ciudad ya eran conocidos como las "saetas amarillas", por su tez blanca, pelo color claro y su reconocida velocidad en los últimos tramos de distancias, para terminar ganando casi todos los encuentros deportivos de nivel básico y técnico.

Ambos se habían ganado en la ciudad, sin querer, el cariño y el respeto de sus adversarios y de la gente en general. Habitualmente, se les veía correr cada lunes, miércoles y viernes por la elipse del estadio.

CAPITULO II

SUEÑOS DE GRANDEZAS

De vez en cuando, después del entrenamiento, pasaban horas soñando respecto a qué harían si clasificaban alguna vez a la Maratón Olímpica. Jakub, se acordó que una vez Antón le dijo y además que casi siempre le decía "hey checo, tu país es tan pequeño que no podrá ganarle nunca al mío, nosotros somos fuertes y tenemos más deportistas", frente lo cual el sólo contestaba "yo solo sé que a ti te cuesta mucho ganarme, no sucede lo mismo conmigo"

Al llegar a casa después del colegio y de cada entrenamiento, significaba relajarse y luego al estar bajo la ducha, pensar en conversar y disfrutar del día que quedaba con su hermana Eliska, quien ya cursaba la Secundaria Profesional.

Las tardes deportivas pesaban mucho cuando el invierno se aproximaba, pues enfrentar sin movimiento el abrigo del viento helado y el suave deslizamiento de la nieve, ponían en verdadera prueba la consecuencia deportiva de ambos jóvenes, que sólo pensaban y soñaban en ser grandes maratonistas.

Una suave mano, pero firme a la vez, se posó sobre su hombro, y acompañada de una voz profunda, lo instó a no detenerse al subir al escenario; es Jakub quien lo vuelve a la realidad.

Fue así como su cuerpo se volvió como siempre presuroso y ágil para subir los escalones, hacia donde lo espera el profesor que los nombró e instó a presentarse, ante tanta audiencia.

El profesor, un tanto extrañado por la demora de Jakub, uno de los alumnos nombrados, trata de dar inicio al momento especial, con palabras que explican ese instante, que los jóvenes no entendían.

"Señores, es oportuno reconocer que nuestro Colegio, aparte de tener buenos estudiantes, también tiene buenos deportistas, y por ello deseamos como Establecimiento Educacional, premiar en esta ocasión a dos alumnos, que por cerca de ocho años nos han entregado los mayores éxitos en las competencias de "largas carreras" o de "largo aliento", y en esta tarde en que el verano se hace presente, le haremos entrega de un galvano y un equipo deportivo de acuerdo a lo que desarrollan, ¡ jóvenes ! se han ganado ambos este modesto obsequio, por su entereza y sus ganas de superar las distintas etapas a que han estado expuestos".

Casi sin mirarse, ambos jovencitos reciben lo que recién entienden como un premio a su constancia, aceptando nerviosos, los aplausos multitudinarios. Luego de ello, juntos inician el camino de regreso a sus asientos, incapaces de darse cuenta de los reconocimientos hablados, de las personas que lo acompañaban.

El fraterno abrazo de los padres de Antón, Karl y Jennifer, hace que éste se acurruque de placer entre los cuerpos de sus progenitores y a la vez diga - papá, mamá, nunca me imaginé esto, fue realmente una sorpresa; ustedes lo sabían y no me avisaron -

Kart, de buena contextura física, le contesta - hijo si te lo hubiéramos dicho no habría sido una sorpresa y sumado a esto su madre un tanto parca, le dice: - Antón, te mereces recibir algo sorprendente ante lo bueno que haces - En ese instante Antón trata de buscar con la mirada a su amigo, éste está en el umbral de la puerta de salida, le alza el brazo derecho y le avisa de esta forma su partida a casa.

Dejaron atrás el ruido producido por el cierre de la puerta de casa y se dirigieron a la cocina, donde mamá Ivana tenía preparado un set de cosas dulces, que hacían recordar las delicias de su ciudad natal, Cheb.

Papá Ondrej se sentó alegre en la cabecera de mesa y de inmediato invitó a su esposa e hijos a compartir lo presentado sobre la mesa.

Luego de levantar una copa de bebida y saborearla, quizás indicando el feliz momento, Ondrej balbuceó:

-Hijo, gracias por el momento regalado - a esto saltó Jakub y dijo - yo no hice nada, quizás lo único que hice fue correr para tratar de ganar – entonces, el padre con voz firme y cariñosa le contesta - eso es precisamente lo ocurrido hoy, fuimos testigo de la, pero al mismo tiempo, nos regalaste algo más: el habernos convencido que siempre se puede hacer más cuando uno se lo propone; es por ello que deseo como papá agradecerte hijo este instante.

-

Acto seguido, se levanta y estirando sus brazos se acerca a su hijo y ambos se estrechan en un abrazo intenso y, fraterno.

Luego se acerca la madre que orgullosa de lo visto, pero también convencida del logro construido, sólo opta por decir - ¡Felicitaciones por lo conseguido, ahora quedan por delante otras metas que alcanzar, pero por mientras se debe disfrutar, hijo!

El turno del último abrazo fue para Eliska, quien un tanto emocionada por lo observado, se acercó a su hermano y le dijo - qué bueno descubrir que tú siendo tan joven, eres capaz de conseguir importantes logros - ¿logros? Replicó Jakub, - ¡ exactamente !, eso mismo comentó la mujer – prosigue - porque pasaste a la enseñanza superior y más encima has sido reconocido junto a tu amigo como uno de los mejores maratonistas de la enseñanza básica y profesional, eso es lo que es, es decir un buen logro, estimado hermano.

Del crepitar de las brasas de calentador de leña,   se desprendían pequeñas siluetas dibujadas por el humo con el arte de un pintor, representando así a las figuras de la familia reunida en torno al fuego. El ambiente se respiraba tranquilo, cuando de repente el timbre de la casa comienza a sonar, Eliska se levanta presurosa a la puerta y aparece Karl y Antón, sonrientes; ambos entran y caminan por el   corto   pasillo   saludando afectuosamente.

Karl fue el primero en hablar - la verdad es que vine porque mi hijo no se alcanzó a despedir de Jakub y él me pidió que viniera a verlo, bueno...aquí está hijo, tu amigo - Antón se acercó a su amigo y le dijo - me siento feliz por lo alcanzado, pero lo que me preocupa es si vamos a seguir corriendo - ante esto todos se largan a reír y Jakub haciendo una pausa le dice - por supuesto que sí, hoy aprendí que corriendo podemos lograr batir obstáculos, ¡ imagínate ! corrimos todo el año, y así y todo todavía no estoy cansado ¿y tú? Las familias reunidas vuelven a sonreír largamente, con ello dejan escapar movimientos que entorpecían el merecido relajo de ese momento.

Rato después mamá Ivana con la cortina entreabierta observaba cómo se alejaba el auto de los Schlesinger, y decía: - es muy simpática esa familia, se notan honrados y trabajadores, como nosotros - Ondrej asintió positivamente con la cabeza e invitó a la familia a descansar en sus respectivas habitaciones para enfrentar mañana un nuevo día.

La brisa helada, a la media tarde hacía formarse dos largas estelas blancas, producto de la respiración acelerada por el esfuerzo, de correr un poco más de dos horas con cuarenta minutos, dos jóvenes que poco conversaban, concentrados en las últimas cuatro vueltas de una cancha de fútbol.

Antón comienza a apurar la carrera faltando unos cuatrocientos metros para la meta presupuestada, un poco atrás Jakub nota la arremetida de su amigo e intenta no despegarse mucho de él. Sin embargo al tratar de alcanzarlo se resbala y cae, en eso Antón hace el intento de volver hacia su amigo, pero Jakub con la mano izquierda le indica que debe seguir, pero cuando siente que todavía su amigo no se a movido hacia la meta, le grita - "debes correr ahora sin mi, el objetivo propuesto debe ser logrado, corre sin mi", ¡corre ahora sin mí! - Le grito nuevamente, ante esto Antón inicia una fuerte carrera, al parecer los segundos perdidos ante la caída de su amigo lo revitalizaron y culminó con una carrera bastante aceptable.

Ya recuperado de la caída, Jakub le preguntó - ¿cuánto hicimos en minutos? - a lo que Antón dijo: - 2 horas, 54 minutos y 25 centésimas. ¡ Diablos, estamos lejos de los tiempos olímpicos! murmuró Jakub, entonces Antón agregó: - bueno, se perdieron segundos preciosos con tu caída, pero tenemos una vida parece para recuperar esos segundos y así mejorar el rendimiento - Ambos atletas realizaban estos comentarios pensando en que la venida del próximo año les traía grandes desafíos, como eran la competencia final de la enseñanza superior, la culminación de una carrera profesional y el inicio de una incentivante vida laboral junto a la posible separación de los amigos, lo que implicaba en definitiva, la separación de la dupla reconocida como "las saetas amarillas".

Fue así como Antón se vuelvió hacia su amigo y le preguntó -¿puedes contestarme por qué somos maratonistas?- ante tal duda Jakub, un tanto sorprendido y dejando escapar varios segundos le indica: – ser maratonista para mi es un gran desafío personal, me ayuda a superarme cada día por alcanzar mejores tiempos y esto deseo transformarlo en cada cosa que desarrollo, es decir, me formo metas y trato de alcanzarlas – y ¿para ti, qué significa?, Antón, un tanto ya preparado le dice – siempre he sido competitivo en todo y esto me trae a una realidad pura, que es saber si para instancias superiores como las enfrentadas o las que vendrán estoy preparado o no; cuando ya no pueda más, en ese momento deberé reconocer que ha llegado el tiempo para otra persona y yo entonces, iniciaré otra carrera con distinta visión; la idea es competir de buena forma, siempre –

Luego de escucharlo, Jakub se acerca a su amigo y le dice – quiero felicitarte por tu pensamiento, creo que en eso nos parecemos bastante y quizás ello nos mantiene juntos en esto, pero Antón ¿has pensado que este año podemos talvez separarnos? Lo cual puede quizás resentir nuestro espíritu competitivo en lo que a carreras se refiere -se da vuelta y sujetando sus libros universitarios, Antón, mira a su amigo y le dice - la verdad es que no lo he pensado, pero si fuera así no te olvides que existe ya el teléfono, telégrafo y por último, una carta; creo que igual debemos hacer siempre un esfuerzo por lograr el contacto - y antes que Jakub dijera palabra alguna, Antón exclama ¡ mira ese pájaro ¡ su amigo se da vuelta y con gran sorpresa ve que nada existe, entonces su mirada se baja y gira lentamente, como entendiendo que otra vez su amigo lo había engañado y ahora estaba a más de 30 metros delante de él, corriendo para alcanzar primero la entrada a la universidad; esta vez no quiso tratar de alcanzarlo, sólo pensó que con él debería estar siempre atento, jamás descuidarse.

En el año 1938 era, por supuesto, el tiempo de los desafíos en la universidad, y todo se movía en torno a la cercanía de la Competencia Final, en lo que a deporte se refería, en especial, la disciplina especializada: la Maratón estudiantil.

El entrenador de los maratonistas sentado en los asientos del campo de entrenamiento observaba el desplazamiento de sus insignes pupilos, a través de la pista de una cancha de fútbol, y decía: - Estos muchachos son buenos, creo que ganaremos al menos en esta línea deportiva, no podemos provocarle un detrimento a su rendimiento faltando tan poco para el comentado certamen Deportivo Anual –

CAPITULO   III

DESPEDIDA FORZADA

Un tanto cansado de estudiar y entrenar una tarde de Noviembre del año 1938, Jakub, observa a través de la ventana como su padre se baja muy apresurado y casi sin saludarlo se encierra en la pieza con su madre; este hecho le trajo un sobresalto a su corazón e intentó escuchar lo que sus padres conversaban, en este esfuerzo auditivo alcanzó a escuchar que su padre decía en su idioma natal ¡ lo siento, debemos irnos ¡ y al unísono su madre se puso a llorar.   Lo que escuchó despertó una intranquilidad absoluta en su ser e irrumpió en la sala después de abrir con cierta fuerza la puerta - disculpa papá, escuché que ¿debemos irnos? - en eso el padre deja caer su pesado cuerpo en la mitad de la cama y con una mirada triste, inicia la forma de explicar el significado de las palabras dichas a su mamá. La verdad es hijo, que como tú sabes, los alemanes están muy incómodos con la presencia de judíos en la zona, eso tú lo has podido presenciar con las protestas y gritos al frente de nuestro hogar; acuérdate de tu pugilato con el joven de apellido Aldrisch. Si mal no recuerdo en Septiembre de este año se firmó el Pacto de Munich, en donde se acordó en entregarle a Alemania el Sudeste de Checoslovaquia, nuestra nación, y esto ha provocado que nuestro presidente retire todos los embajadores y Cónsules de Alemania por correr peligro su integridad; es así como el Cónsul se retira pasado mañana y nosotros debemos irnos también, además como si fuera poco, anoche destruyeron los alemanes todos los vidrios de los almacenes, tiendas y sinagogas de los judíos y/o sus descendientes, también hubo saqueos, destrucción y varias detenciones a nuestra gente, ante lo cual no podemos estar ajenos a lo que ocurre a nuestro alrededor, que es peor para nosotros porque somos descendientes de judíos; por todo lo explicado, no puedo arriesgar la vida de ustedes dejándolos aquí, por lo tanto la único cuerdo por ahora, es irnos lo más pronto posible -

Jakub retrocedió un par de metros llegando al dintel de la puerta, ahí se encontró con el brazo se su hermana quien también estaba escuchando, ambos se miraron casi como desconocidos y balbucearon a coro: ¡ qué vamos a hacer ahora, nuestra universidad, amigos, amigas, conocidos...!

Casi sin darse cuenta estaba Jakub parado al frente de un portón de fierro, sin poder entrar porque un gran perro le impedía siquiera tocar la reja. En eso se oye la risa de Antón que desde dentro de la casa le dice - ¡ hey checo ! otra vez me vienes a desafiar, ya ganaste bien ayer, hoy estoy muy cansado -

- La verdad que hoy ya no quiero correr, solo vengo a despedirme de ti, me tengo que ir - ¿pero adonde te vas? dice Antón, - bueno mi padre - dice Jakub - producto del Pacto de Munich firmado en Septiembre, hoy Checoslovaquia es más pequeña porque le han entregado a tu país toda la región Sudeste y eso sumado a la odiosidad que algunos alemanes le tienen a los judíos, lo que estuvo de manifiesto anoche con lo ocurrido en tiendas, almacenes, sinagogas y personas descendientes de judíos, debo irme lo mas rápido que pueda a mi nación, para no correr peligro junto a mi familia -

Antón cambió de inmediato la sonrisa de su cara, bajó los brazos y con voz pausada agregó - no puedo salir de esta sorpresa, ¡en qué va a quedar la Competencia y todo lo demás!- bueno por el momento – cita Jakub - no sé qué decirte, solo sé que debo irme y deseo antes de nada despedirme, por si ya no nos vemos -

No sabía si acercarse o no, pero al final, Antón extendió sus brazos y su amigo, y un tanto confundido, le dice:- fuiste siempre un duro rival para mi en la Maratón de nosotros, pero también un gran amigo; yo espero verte una vez que pase todo esto, no creo que dure mucho - Jakub, con tristeza, suma palabras cansadas - tu también fuiste gran rival para mi y obviamente un excelente amigo, no entiendo esta situación, después de todo lo que había que hacer, pero ojala nos veamos otra vez, por ahora debo irme, ya -

Por primera vez en mucho tiempo, Antón ,se queda mirando largo rato hacia la calle principal donde observa cómo se pierde la figura de su amigo entre las casas de la ciudad.

Nadie conversaba entrada la noche, cada ir y venir implicaba el traslado de objetos, que no con mucho cuidado se dejaba caer en la carrocería de un viejo camión, que iba a ser el encargado del traslado de todos los enseres de la familia Fajkus.

Se terminaba ya de cerrar la tapa de la carrocería cuando a lo lejos en la oscuridad, se ve avanzar una figura un tanto gruesa, a medida que se acerca se distingue el personaje y es nada menos que Alfred el almacenero, que con voz un tanto ronca pero con señas de tristeza, se acerca a Ondrej y le dice – bueno, he sabido que debes irte, nosotros en casa no lo deseamos así, creo que los años que nos hemos tratado a servido para formar un lazo de amistad, ¡ mira ! yo con mi señora queremos hacerte un pequeño presente, por favor recíbelo y trata si puedes guardarlo, es decir, mantenerlo para que te acuerdes de nosotros - Ondrej un tanto confundido con lo observado, estira sus manos y recibe un pequeña bolsa de papel en cuyo interior se hallaba una brújula, la sacó y la quedó mirando un largo rato, en eso Alfred se adelanta y le dice - amigo los caminos son infinitos y este instrumento puede servirte; quizás algún día te ayude a regresar a ver tus amigos - los dos hombres se quedan mirando y casi sin darse cuenta se abrazan deseándose mutuamente suerte y luego se separan.

Ondrej mira como poco a poco, se pierde en la oscuridad la figura al parecer más cansada de su amigo. Se siente en deuda por el gesto recibido, pero sabe que no ha tenido tiempo para pensar en actos de cortesía.

Se espantan sus pensamientos, cuando escucha a su hija que le indica - donde llevamos a Faruk, mi perro, a él no lo dejo por nada aquí - ¡ hija colócalo en la carrocería ! junto a las cosas, en la cabina no cabe; deberá sacrificarse en este viaje, replica Ondrej -

El ruido del motor, el sonido de todo el camión por el camino estrecho y pedregoso, casi no permiten llevar una conversación, además nadie quiere intentarlo. A veces se detiene el vehículo, para dejar que Jakub suba a la carrocería y vea en el estado que esta Faruk, el perro regalón.

Eliska le pregunta al padre - ¿a cuantos kilómetros queda Cheb? ante esto Ondrej hace un movimiento con la boca y cara con lo que se visualiza dudas respecto a lo preguntado, pero en eso se adelanta el chofer del camión y le indica amablemente que - de Dresden a Chef hay aproximadamente doscientos kilómetros a través de esta vía; por la montaña disminuye, por lo tanto nos vamos a demorar en llegar aproximadamente entre cinco a seis horas - luego acotó - este viaje lo hacíamos con mi padre al visitar una tía casada con un Checo en Cheb, pero de eso ya hace varios años -

A nadie, al parecer, le interesó saber quiénes eran o si todavía existía ese matrimonio, la verdad que sus caras dibujaban impaciencia, desazón y lamento, por la salida tan intempestiva de una Alemania que al parecer estaba ya teniendo signos de expansión, hacia otras áreas geográficas que no fueran propias.

El control en la zona de frontera fue un tanto torpe, los guardias alemanes registraron todo y luego de no encontrar nada que les pareciera sospechoso, dejaron seguir al endeble vehículo hacia el destino elegido.

La llegada a la ciudad de Cheb fue un tanto convulsionada, ya que miles de connacionales de Ondrej, se movilizaban y discutían que hacer y a que lugar deberían trasladarse, para estar seguro de la ya nombrada y/o inminente "Ocupación Alemana".

Ivanna se baja del camión y se acercan a una panadería a comprar pan y otros insumos, para tener para comer cuando cayera la tarde.

El chofer pregunta ¿cuánto queda para llegar al lugar de destino?, ante lo cual Ondrej al unísono con su esposa contestan - ¡cuarenta minutos aproximadamente!

El tiempo ya se cumplía, cuando Ondrej habló - al pie de esa montaña, queda nuestro verdadero hogar, quizás a sido bueno que pasara esto........bueno tengamos fe de lo resuelto -

Eliska se baja del camión y se apresura en abrir un portón de madera gruesa y sin pintura y a unos treinta metros se ve una casona de madera con humo, que hacía pensar que estaba habitada.

Una vez cerca de la entrada a la casona, sale un hombre delgado de manos anchas y ásperas a encontrar las visitas, su asombro se volvió en su cara con dibujos de alegría; presuroso va al encuentro de Ondrej y le dice "hermano qué gusto volverte a ver a ti y familia, ¿que les trae por aquí?

Ondrej se adelanta a Ivanna y le dice - Alemania tiene intenciones según el Cónsul, en realizar una real Ocupación de los terrenos de Checoslovaquia, por lo que tuve que venirme, además que ellos andan tras los judíos o descendientes de ellos para encarcelarlos o que se yo, ¡ hermano ! debo dejar las cosas aquí y ver luego que vamos a hacer, en base a lo que está ocurriendo -

La mesa presentada para la cena familiar estaba apetitosa, hasta un jarrón antiguo sostenía un ramillete de flores que le daba el tono de tranquilidad, que se necesitaba.

El hermano de Ondrej, Joseph era el más feliz de todos, no dejaba de bromear con sus sobrinos, principalmente.

Ya casi al terminar la tertulia familiar, Joseph le pregunta a Ondrej -

¿Qué vamos a hacer? - ante esto Ondrej se para diciendo - no quisiera pensar todavía que vamos a hacer, solo sé que debo descansar ahora, ya que el viaje fue largo y tedioso, mis huesos viejos necesitan una buena cama rellena con lana de ovejas, ¡buenas noches Joseph!...ahhh y gracias por la cena y hospitalidad -

Seguido a lo indicado los sobrinos se despiden de Joseph e inician el caminar hacia sus piezas asignadas. Sin embargo, antes que el tío pudiera acostarse, se asoma a la pieza Jakub y le pregunta - ¿hay un buen lugar aquí para correr larga distancia Tío Joseph? – rápidamente el hombre se acerca extrañado y contesta - en realidad va a depender como lo encuentres tú, porque tu padre entrenaba horas y horas en ese sitio y nunca lo dejo, hasta que fue contratado como chofer por el Cónsul - si pero ¿dónde es tío? pidió Jakub, ante lo cual Joseph replica - mañana te lo mostraré, para que veas lo que tu papa caminó y corrió, a lo mejor te gusta -

CAPITULO   IV

BUSCANDO TERMINAR

En la ciudad de Dresden por su parte Antón, se deslizaba con cierto nerviosismo en el comedor de su casa, esperaba que llegara su padre, estaba en eso cuando suena la puerta con el sonido característico producido por su padre. Luego de saludarse, Antón un tanto indeciso le pregunta por fin - papá tú que pronto serás un general de avanzada, cuéntame dentro de lo que puedas ¿qué va a suceder con los judíos de aquí y los que están en Checoslovaquia?, no debes olvidar que allá debe estar Jakub y su familia -

El todavía coronel Karl, se saca el uniforme, lo cuelga en un vistoso colgador hecho con astas de animal vacuno y se sienta luego en un banco cómodo, al parecer hecho a su medida, luego junto con sonreír un poco, se acerca a su hijo y le explica - el tercer Reich nos a dado a conocer la consecuencia política que uno debe tener con el partido nazi e incondicionalidad con las futuras acciones de "apoderarnos" de otros países, pero con el propósito de lograr el respeto y poder que por muchos años se tiene perdido entre todos nuestros vecinos - el joven vuelve a preguntar - ¿es una política buscando una enemistad internacional? - llámala como quieras.- dice el padre - pero yo debo ceñirme a ella y respetarla bajo cualquier tipo de presión, si no lo hago pierdo todos mis grados que con tanto sacrificio lo he logrado; hijo no te preocupes por tu amigo, si algo pasa te prometo buscar la forma dentro de lo posible de ayudar, para tu tranquilidad -

El joven un tanto desconfiado por los recientes sucesos asiente con la cabeza lo indicado por su padre y agrega – papá como quieres que este tranquilo si todo lo ocurrido hace unas noches atrás con la destrucción de sinagogas, cementerios, tiendas y almacenes de judíos incluidos la muerte de muchos de ellos (haciendo alusión a la Noche de los Cristales Rotos) todo me avisa, que esto no va para nada bien en el futuro, para todos – sin detenerse a esperar otra respuesta, Antón se retira a su habitación.

En la mañana temprano, se levanta con su equipo de gimnasia e inicia la acostumbrada carrera alrededor de la cancha, pero ahora sin su compañero de tantas contiendas deportivas.

Sin darse cuenta nota que su cuerpo no desea seguir corriendo después de las dos horas, ante lo cual apresura el término de la actividad y se dirige en un lento trote hasta su hogar. A la entrada su madre le dice - Antón esta vez llegaste más temprano qué pasó, ¿te dio frío?

¡no! no he sentido frío hoy – dice el joven y prosigue - sólo que debo prepararme para las pruebas finales de mi carrera de Medicina, estoy en el final y no las puedo descuidar ahora, pero además debo estar preocupado por la competencia de "largo aliento en la Universidad". ¡Aah! dice la madre - ¿es aquella que con tanto esfuerzo preparaban con Jakub? - ¡ exactamente ! contesta el hijo, ¡ esa misma !, pero como se ven las cosas deberé afrontarlo sólo esta vez, aunque tengo esperanza de repetir lo realizado en forma individual en cada temporada -

Habían pasado diecisiete días de la ida de la familia Fajkus a Checoslovaquia, cuando Antón después de estar largo rato sentado frente a su casa, gira su cabeza y sus ojos se mueven rápidos tratando de descifrar la figura que asomaba a la distancia, casi instantáneamente exclama - ¡ no puede ser ! hey checo ¿eres tú de verdad?, ante esto se asoma Jakub un tanto cansado y le dice - efectivamente aquí estoy de nuevo para ayudarte en la carrera y luego terminar juntos nuestra profesión - Fue un encuentro afectuoso y de rápida resolución, pues de inmediato se iniciaron las consultas de parte de Antón - cuéntame ¿qué pasó?

Jakub, un poco agitado y tratando de llevar más aire a sus pulmones le explica: - mira, el que fuera Cónsul de Checoslovaquia de esta zona, hizo posible mi llegada hasta aquí, por lo que tengo permiso especial para terminar de estudiar y luego doce meses como máximo para volver a mi tierra, por lo que no debo perder tiempo para lograr todo lo proyectado; pero junto con ello debo pedirle a tus papás si pudieran por este tiempo atenderme en su casa -ante esto Antón dijo - yo conversaré con ellos y se que le va a agradar tu llegada -

El invierno seguía acrecentando su poder a través del frío, el viento y la lluvia, al igual que el pasar de los días en el calendario, pero ambos amigos acostados sin preocuparse por el tiempo y los días, en sus respectivas camas, aprovechaban de pulir los últimos detalles de la carrera de mañana.

Una vez efectuados todos los análisis, decidieron entregarse al sueño, que ya no los dejaba hilvanar una conversación adecuada.

El levantarse en el día de la Competencia no fue igual a otros días, porque al salir de la puerta de casa, habían papeles alusivos al acompañante de Antón, por su condición judía; ante esto Antón dijo - no es más que una argucia para desmoralizarte Jakub, pero no lo lograran, porque yo estoy contigo también, así que ¡ ánimo !, vamos a ganar ¡ hoy día !

La concentración jamás había estado tan considerada, como se podía observar en los 42 competidores para la Maratón Universitaria. El juez encargado de dar el disparo de inicio de la competencia, caminó pausado hacia la tarima que le habían preparado, miro con firmeza la posición de los competidores y sus dedos un tanto ásperos se cerraron lentamente sobre un gatillo que al parecer había esperado demasiado tiempo para dejar escuchar su inusual sonido.

El disparo cortó en el aire la concentración de la tensa espera, los cuerpos de los deportistas se inclinaron hacia delante y cada cual comenzó un lento andar, pero con la seguridad del que no se doblega fácilmente.

Cada uno sabía que no era fácil completar las diez vueltas por el circuito preparado en la ciudad y que al termino de éstas estaría el reconocimiento y la satisfacción de haber logrado algo, que al final podía servir para ser considerado en una contienda más exigente como correr para clasificar para los juegos Olímpicos, por lo tanto, el acicate existía y todos de una u otra forma se lo habían internalizado, como una posibilidad cierta de que sucediera, en caso de ganar.

Cuando llevaban seis vueltas realizadas, Antón miró con mayor preocupación la posición de su amigo en el montón de personas que todavía parecían no doblegarse ante tan esforzada carrera. Así era en realidad, en tanto Jakub estaba tras él a escasos tres a cuatro metros, distancia idéntica a la desarrollada en conjunto durante la preparación.

Ya habían pasado dos horas y veintisiete minutos cuando se inicio el primer abandono, se trataba de un joven de veintitrés años, bajo y de aspecto sajón, que se dejo caer hacia un costado en el césped lamentando su decisión. Los demás fueron uno a uno abandonando o quedando atrás con un número de minutos en contra, solo seguían doce contendores y al parecer con ansias de terminar.

El público universitario solo gritaba palabras de aliento para sus respectivos abanderados, hacían hondear banderas y papeles escritos con los nombres de sus "héroes corredores".

Los potenciales ganadores del certamen, hacían salir por sus bocas cortas estelas de respiración, que mezcladas con el frío y la brisa presente, parecían jugar con su "dueño".

Faltaban alrededor de tres vueltas, cuando Antón vuelve a tratar de ubicar a su amigo, y como un reloj de precisión otra vez se encontraba tras él a unos tres metros, en ese mirar logra descifrar el mensaje de su compañero de tantas carreras, que era el momento de "matar piernas", como le decían al hecho de apurar la carrera a una velocidad mayor, pero con la firmeza de disponer de fuerzas guardadas.

Luego de producido el gesto, se observa el despegue de dos atletas del grupo de corredores, que por tanto tiempo estaban casi unidos, Antón se apodera de la primera pista y casi al mismo tiempo se le une Jakub.

Faltaban así dos vueltas, cuando los dos corredores sacan una diferencia de distancia del resto equivalente a unos seis metros, ante esto se inicia la desesperación por terminar primero y en el caso de tres contendores el abandono obligado, por no saber ante el movimiento producido, saber dosificar sus fuerzas.

La última vuelta fue de emoción pura ya que Antón y Jakub tenían pegados a sus espaldas tres contendores que parecían no razonar ante el cansancio, y además no parecían doblegarse ante la estrategia de "matar piernas"; faltando unos 180 metros Antón grita - ¡ hey checo, solo tú ! en eso se abren los dos en sus respectivas pistas y comienza una disputa enfervorizada por el primer lugar.

Jakub miró fijamente la pañoleta de la bajada final y aplico en los escasos segundos que quedaban la experiencia acumulada. Su cuerpo parecía flotar en el viento, su pelo no lo sentía y sí parecía oír ha su padre decirle "cuando sientas que corriendo hacia la meta no te duele nada aprovecha de correr más, porque muy pronto decaerás", y así lo hizo estaba pasando la meta cuando sintió que su cuerpo le pedía rápidamente paz, corrió unos diez metros más y se dejó caer, porque su cuerpo no daba más. Habían sido muchos diecisiete días, casi sin poder entrenar adecuadamente en su país, pero hoy había puesto todo lo que podía dar.

No se dio cuenta cuántos abrazos y manos lo abrigaban de saludos, cuántas voces gritaban el triunfo obtenido; en eso recapacita y se endereza y pregunta en qué lugar llegó Antón, casi tres personas le responde de inmediato - ¡parece que empató! con el competidor de la Universidad de Hamburgo.

En eso llega Antón, un tanto cansado, pero alegre de ver a su amigo - bueno checo ¡ lo hiciste otra vez !, no sé qué tienes, en todo caso felicitaciones por este logro, yo esperaré el dictamen de mi maratón realizada -

Terminada la justa deportiva y ya hacia el final del momento de premiación, el rector de la Universidad se explaya para decirle al público universitario - ha sido una contienda fabulosa, en donde dos representantes de esta Universidad han logrado los primeros lugares, el señor Jakub Fajkus con el primer lugar y el señor Antón Schlesinger con el segundo lugar, pero por supuesto no puedo dejar de alabar el enconado temperamento mostrado por el contendor de Hamburgo el señor Herbert H. Frönsche que en esta ocasión a empatado en el segundo lugar con el señor Schlesinger. A todos ellos y los demás competidores gracias por su asistencia y tan digna presentación –

Culminada la ceremonia y ya descansados un tanto, Jakub le pregunta a su amigo, camino a casa -

¿Qué te pasó que casi perdiste el segundo lugar? - Antón un tanto agotado y con sus ojos un tanto cerrados le indica con una voz suave - la verdad es que creo haber cometido dos errores, que bien pudieron costarme la carrera y que fue perder la concentración de la que hablaba tu viejo y tratar de saber dónde estabas tú, ahí perdí los segundos que pudieron haberme dejado solo en el segundo lugar y/o de lo contrario porque no el primero - continua en él una larga sonrisa hacia su amigo, el cual sólo resta por decirle - ese detalle largamente trabajado   pudo   costarte   el reconocimiento, pero bueno ya logramos lo propuesto, así que ahora vamos a descansar -

Los días del mes de Diciembre de 1938 se estaban acortando rápidamente, posiblemente se debía a la presencia de la Navidad y Año Nuevo, sin embargo este hecho estaba pasando inadvertido en casa de los Schlesinger, debido a la preparación de los exámenes de grado en Medicina, de Antón Schlesinger y Jakub Fajkus.

CAPITULO   V

LA   FUERZA   DE   UN SENTIMIENTO

El 22 de Diciembre día helado por la presencia de nieve, da la bienvenida a dos jóvenes recién titulados de médicos. Cuando asoman por la puerta lateral del edificio hay solo sonrisas en sus rostros, aunque agitados por la presión que hubo en los exámenes orales; Antón habla y dice - mis viejos van a sentirse felices por este logro y yo me siento realizado aunque ahora no sé dónde deberé irme, pues mi padre dice que al obtener el titulo quedaré contratado como médico del Ejercito Alemán y eso puede incluso ayudarte a ti, eso nos traerá buen dinero, talvez -

Jakub indica - a mi el dinero me importa igual, pero en este momento estoy mas interesado en que llegue a mi familia la noticia de mi triunfo académico y lo otro es ¿que debo hacer ahora? ante estas circunstancias tan difíciles para nosotros, ¿sabes?- prosigue - he oído que pronto Alemania controlará toda Checoslovaquia, eso sería penoso para nuestro pueblo, además amigo ya no puedo seguir aquí porque la situación racial en contra mía, se hace cada vez mas insoportable, ¡ no se que hacer !

Amaneció el día 24 de Diciembre y con ello el despertar rápido de Jakub, quien con un salto dificultoso se interno en la ducha. Luego de preparar una vieja maleta se coloca un jockey y sigilosamente trata de salir de casa, en eso aparece el papá de Antón, Karl quien con voz firme pero amable le dice - Jakub ¿qué haces?, ¿te vas?, ante esto el joven respondió -

Si me voy, así se lo hice saber a Antón anoche, pero le había encargado que era solo por Noche Buena y Año Nuevo, deseo estar con mis padres y hermana; luego regresaré por el ofrecimiento de trabajo en el Ejército, en caso de no suscitar problema mi contratación -

Un poco antes de las catorce horas Faruk el perro regalón de los Fajkus levanta las orejas y casi bota su envase con agua al salir corriendo hacia el portón de la vieja casona. Ahí estaba Jakub parado recibiendo los primeros embates del perro por saludarlo, al llegar a casa.

De un salto se para la pesada figura de Ondrej quien sin mirar todavía piensa - para que el perro salga así solo se debe tratar de Jakub - ante esto también lo acompaña mamá Ivanna y la hija quien con sus llamados al perro, trata de sacárselo de encima de su hermano.

Acercándose con los brazos abiertos el padre le dice – bienvenido hijo, no sabes lo importante que es tu presencia aquí con nosotros - bueno papá, dice Jakub y agrega – vine para entregarte personalmente la buena noticia que tienes ¡ un médico en la familia ! y que posiblemente ya me den mi primer trabajo a la vuelta de Año Nuevo -

Dicho esto pasaron varios segundos que no avanzaba paso alguno, debido a la serie de saludos de su padre, mamá, hermana y también el incansable perro.

Las brasas producidas por la leña encendida, parecía regocijarse al tener la posibilidad de quemar carne de cordero, claro era Noche Buena, más las buenas nuevas del recién llegado ameritaba una comida distinta.

Afuera de la casa se escuchaban las risas y voces de una familia que internada al pie de la montaña solo hablaban de temas alegres, como ignorando los acontecimientos internacionales que afectaban directamente a su patria.

Los días de ahí hasta fin de año, transcurrieron para la familia Fajkus un poco tranquilos, pero al mismo tiempo con cierta preocupación porque no se veía venir por ninguna parte, una salida de los alemanes de Checoslovaquia, es más habían comentarios serios de una pronta invasión germana, lo cual se trataba de descartar y solo pensar en positivo.

La tarde del quinto día de Enero de 1939 se hallaba Jakub conversando con su padre cuando afuera de la casa se acerco un individuo que pidió hablar con Jakub, al acercarse éste el extraño se identifico y le entregó una carta enviada por Antón, que le explicaba que debía presentarse el 10 de Enero en el hospital de la ciudad, para ejercer su profesión.

Ondrej al enterarse de la situación le indica a su hijo- debes analizar mejor la invitación ya que está complicada por ésta posible guerra de Alemania con el resto del mundo, además nosotros estamos muy mal por ser judíos, piénsalo esta noche y lo que decidas será aceptado por nosotros -

La noche se hizo bastante larga para el recién egresado médico, por lo que al levantarse y dirigir sus pasos hacia la cocina, observó la mirada investigadora de sus padres, a lo que rápidamente le hizo decir - he decidido irme a trabajar, en ese distrito alemán no creo que pase nada, además cuento con el apoyo del padre de Antón, por lo que tengo cierta tranquilidad, estaré bien no se preocupen -

La partida de la casa fue un tanto silenciosa y sin muchas sonrisas, como adivinando la posibilidad de que se tornaran más difíciles las cosas entre los dos países. Antes de iniciar Jakub sus pasos de regreso a Dresden, se acerca un poco cabizbajo su padre y le dice – hijo te entrego algo pequeño pero muy apreciado por mi, es una brújula que me regaló mi amigo "el almacenero" ¿te acuerdas?, creo que puede servirte más a ti que a mi, te lo concedo – Jakub miró el obsequio un poco extrañado y lo recibió, enseguida abrazo a su padre, su madre y hermana y se despidió.

La llegada a Dresden fue un tanto ruidosa ya que habían varios movimientos del ejército que hacían presagiar un tema bélico, no obstante ello, caminó presuroso hacia la casa de su amigo Antón.

La llegada de la noche sorprendió a los dos muchachos conversando de las tareas a ejercer en el hospital, sin embargo, el cierre de la puerta de calle y unos pasos firmes a través del pasillo, los hizo levantarse del asiento para esperar saludar a Karl, el padre de Antón. - Señor Schlesinger - dice Jakub y prosigue - mi concurso como profesional en el hospital de la ciudad, si bien esta asegurado deseo preguntarle si existe peligro para mi integridad física, usted sabe de los acontecimientos que han ocurrido, respecto a nuestra gente; debido a ello he tenido problemas, lo que me hace estar preocupado también por ustedes – El papá de Antón saca lentamente un cigarro de una pequeña cajetilla metálica, se apoyó en el respaldo de una las sillas del comedor y mirando a ambos jóvenes dice – no mentiré, la situación esta muy compleja, pero tengo fe que nuestro Führer renuncie a la actividad expansionista y logren hacerlo cambiar también de idea, sobre los judíos y/o sus descendientes, lo mismo espero que suceda con el general director de la S.S. de apellido Himmler, para que se corrija el criterio y se considere una acción mas conciliadora, mas cercana a vivir en armonía, que es lo que varios de nosotros esperamos; mientras esto ocurra creo que debemos asumir este desafió y confiar en lo que viene, sino procediera así yo veré la forma de poder ayudar -

Cuando se inicia el nacimiento de Marzo llega en la tarde Antón con una gran sonrisa y acercándose a su amigo le dice – debes darme un abrazo, el Ejercito alemán invitó a varios médicos a pasar a colaborar con la institución, a lo que yo acepte como una oportunidad de adquirir experiencia ¿ que te parece?, en eso Jakub se acerca y le da un abrazo fraternal a su amigo y agrega – felicito tu decisión, aunque creo que esto va a separarnos definitivamente, porque yo debo retirarme – dicho esto Antón reacciona y dice – ¡ disculpa ! mi situación no a querido nunca perjudicarte, no deseo que te alejes - la verdad dice Jakub – no eres tú el que a tomado esta decisión, soy yo, pues no veo hace tiempo bien, lo concerniente a Checoslovaquia, creo que algunos alemanes no desean retirarse de mi país, además pienso que al final lo invadirán, por lo que debo estar allá con los míos y no perjudicar la posición de ustedes con el ejercito, haré mis ultimas actividades y retornare a mi país, pasado mañana –

Me da la impresión amigo que debes esperar un poco, nosotros te ayudaremos, dice Antón – a lo que Jakub agrega - agradezco tu preocupación pero ya estoy decidido, debo irme y esperar junto a los míos, lo que va a suceder –

El día antes de su comentada partida, Jakub trabaja muy tarde y al llegar casi la noche, aparece cansado en casa de su amigo, en el comedor lo esperan la familia completa de los Schlesinger, quienes al ver entrar al joven médico se levantan de sus asientos y le invitan cordialmente a sentarse a conversar con ellos.

El primero en hablar fue el padre de Antón quien con voz pausada y cariñosa le entrego palabras de apoyo a lo realizado por Jakub – la verdad amigo "checo" como te dice mi hijo Antón, no queremos que te vayas, pero las circunstancias lo están ameritando, nosotros haremos lo que podamos por ayudarte, es más, respecto a esto quiero decirte que lo hagas lo más pronto posible, pues se avizoran grandes cambios en nuestro proceder y no quisiera que esto te dañara, es tanto que debo ser trasladado inmediatamente a más tardar este fin de semana al noroeste de Alemania y no sé cuándo regrese a mi pueblo natal, por lo que te pido mucha prisa referente a tu salida de aquí –

Por lo indicado muchas gracias – yo sabía algo de ello, pero debo retirarme solo en tres días más, cuando culmine lo que proyecté realizar, dice Jakub.

En todo caso estaremos en contacto contigo, en la medida que pase lo comentado, para ver que hacer – señala Antón y después prosigue - no deseo amigo perder la pista de tu compañía, creo que todavía me merezco una oportunidad de reivindicarme con la última carrera – ambos sonrieron –

CAPITULO   VI

NACE UN CONFLICTO

El nacimiento del día siguiente, que indicaba un 14 de Marzo de 1939 jamás podría ser olvidado por Jakub, ya que las radios informaban al mundo de que los alemanes habían invadido totalmente a Checoslovaquia, iniciándose con ello la pérdida de su patria libre.

Mientras se vestía presuroso se acordó que aproximadamente un año atrás, se dieron los primeros pasos de expansión de Alemania, al consolidarse la inclusión de Austria dentro de la Alemania nazi. El darse cuenta de la presencia de estos dos hechos reales, le dio la certeza de estar pronto involucrado en un acontecimiento bélico mundial.

Todo lo ocurrido lo mantuvo pensativo durante varias horas mientras preparaba su partida hacia su tierra natal, fue así como, Jakub tomó unas pocas ropas y pertenencias y emprendió su camino para llegar a su país, sin embargo su cuerpo se notaba extrañado ya que las noticias hablaban de que su país ya no era libre. Su rápido caminar y su figura estilizada deben detenerse, para esperar una patrulla alemana que se acercaba con cuatro personas del ejército alemán que le solicitan identificarse, ante esto se acerca un teniente que le dice - ¿quien es usted? ¡ presente identificación ! y deje la maleta para su revisión.

Los papeles entregados dejaban entre ver su calidad de extranjero y a la vez sus apellidos. El teniente a cargo de la patrulla lo queda mirando y le dice – deberá acompañarnos a la compañía, ahí decidiremos ¡ que haremos con usted doctor ! – Jakub un tanto amargado le dice que lo dejen libre para poder ir a ver su familia, pero ellos sin titubear lo conminan a avanzar a la furgoneta en donde habían otros detenidos. Mientras avanzaba pensaba y lamentaba no haber podido ponerse de acuerdo con su amigo, en la forma de comunicarse y de estar al tanto el uno del otro.

La espera de la resolución fue penosa ya que duro varias horas y sin tener que comer y ningún lugar apropiado para descansar.

De pronto se acercó un capitán alemán, bastante serio y rudo al hablar, quien le indico -

Señor Fajkus, usted es doctor y ahora es nuestro prisionero, por lo que le vamos a pedir que ante lo señalado usted no intente huir, le haría bien entregar sus servicios a la causa del tercer Reich y someterse al trabajo diario del hospital del lugar, obviamente vigilado en atención a su situación de checoslovaco; en caso que no fuera así, deberá ser transferido a un campo de concentración judío, donde deberá permanecer hasta cuando nuestras autoridades lo requieran –

Miró por unos segundos a los acompañantes del capitán y en ninguno vio rasgos o movimientos de amistad y/o sencillez, por lo que optó por decir que ayudaría en el hospital.

Cuando caminaba hacia la casa que le habían destinado para que pernoctara, mientras ejercía como médico, pensaba ¿que era lo que él sabía respecto a Campo de Concentración?

Sin embargo, como no había elegido esa opción solo considero remitirse a ejercer lo indicado y después ver como se deshacía de todo, para volver a su patria.

Cuando estaba en el recinto hospitalario y en su "casa cedida", siempre se notaba vigilado y más aún, cuando cada tres días a la semana salía a realizar su eterna carrera de tres horas, quizás recordando todavía las competitivas maratones estudiantiles.

Varias calles de la ciudad de Dresden servían de pista para correr y él lo hacia tapándose la cabeza con un paño que no le permitía reconocerle al pasar, no obstante ello, tres individuos lo frenaron y trataron de castigarlo gritándole "doctor judío , debes morir, de aquí jamás te iras", ante esto, luego de recibir algunos golpes, aparece un soldado y haciendo uso de su metralleta dispara al aire, para dejar paralizados a los atacantes y luego el mismo guardia después de invitarlos a retirarse se dirige a Jakub y le indica seguir hacia su casa.

Luego de agradecer por ayudar a salvarle el momento, Jakub, reacciona y sabe que efectivamente como lo había pensado, siempre ha estado vigilado; que va a ser difícil huir y que deberá ser más cauto y tener más paciencia, para esperar el momento adecuado y así dejar lo vivido en tierras alemanas.

Los diez meses transcurridos en aquel hospital han sido desilusionante, pues ha tenido que entregar lo aprendido a todos como corresponde, pero el trato recibido ha sido humillante, con rencor y grosería; todo lo cual no ha sido fácil de aceptar.

Cada día llegan más heridos y enfermos, es difícil de evitar esta ascendencia de personas al local.

Nada ha sabido de sus familiares y mucho menos de sus amigos de apellido Schlesinger. Pensaba que la escapada de ese lugar se hacia inminente.

La llegada de varios presos que se irían al Campo de Concentración en las afueras de Dresden, corto sus pensamientos de huida, fue así como comenzó su trabajo con las personas que le asignaban.

Antes de iniciar su labor, llego un oficial de alto rango y después de presentarse como Coronel, le pidió examinar a todos los que estaban en ese momento y que le avisara cuantas personas estaban aptas, para viajar en camión durante once horas.

El diagnóstico de su trabajo determinó que de las 120 personas, sólo sesenta y cinco estaban aptas para realizar tal viaje. Ante su estupefacción, observó cómo el Coronel una vez leído el dictamen médico, procedió a ordenar que se les subiera a todos a los camiones, e iniciaran el viaje hacia un destino no reconocido ni informado.

Luego de esto, al ver a través de las cortinas del hospital, como un grupo de personas ya maltratadas por los años, mal alimentados y enfermos eran igualmente obligadas a viajar en vehículos pocos apropiados, hizo que Jakub no soportara todo lo visto hasta ahora y solicitara hablar con el Jefe del recinto.

Al entrar a la oficina, el nombrado Jefe del Hospital estaba de espalda fumando un largo habano y en forma suave se oía música de un vals alemán de larga duración.

Antes que emitiera algún sonido con su voz, el hombre se da vuelta en su silla y le indica con la mano a Jakub que entre, éste sin demora se sienta y le solicita al encargado, escuchar sus reclamos con altura de mira y sin prejuicios. El hombre con sus manos da a entender que se explique y Jakub da una larga versión de los anómalos sucesos recién ocurridos en el hospital.

Una vez terminado, se produce una gran calma en la sala y el hombre que se hacía llamar Alexander Barusch, se levanta y expeliendo varios círculos de humo de cigarro rodea al médico y le dice – sabe señor Fajkus, ustedes los judíos hoy día, se dan el lujo de pedir explicaciones por el accionar de nosotros y el único que puede hacer eso son los que tenemos el poder y en eso esta involucrado efectivamente el Tercer Reich; desde que usted esta trabajando aquí nunca me a gustado su proceder, es más esto lo tomo como una contraofensiva hacia nuestro quehacer, por lo que pediré que sea trasladado al campo de concentración a las afuera de Dresden; para mi no es garantía como profesional, es más me trae inseguridad al sistema, por lo que lo siento – en eso ordena al guardia – ¡ llévese al doctor ! retírele algunas pertenencias de su casa e instálelo en el próximo camión que va con destino a las afueras de Dresden -

Jakub no alcanzó a decir nada, quizás su cuerpo joven no pudo reaccionar ante tal decisión, sí pudo oír el sonido de las botas tras él, era el guardia que lo escoltaba a su casa. Cuando cruzó la calle se acordó que esa misma la recorrían con Antón para ir a entrenar atletismo y que a la vez le servía para jugar y recorrer tantas veces, cuando se iniciaban en la vida estudiantil, pero claro nada de ello había ahora, sus amigos se fueron y no sabía donde estaban.

Fue así como llegó a donde se hospedaba y rápidamente recogió unas pocas cosas y en seguida fue acompañado por un impertérrito guardia, hasta donde se decía que llegaba un camión, que lo iba a trasladar hasta donde le habían indicado.

CAPITULO VII

LA RECLUSION

Algo había ahora escuchado lo que era un Campo de Concentración, pero nunca tuvo la ocasión de visitar alguno, este sería el día de conocerlo, pero en calidad de detenido.

Pasaron largas tres horas y media de espera lo que sirvió para reunir bastantes personas para tal viaje; todos eran judíos de distintas partes, muchos ya ancianos, solo llevaban maletas viejas que lograron resistir al tiempo producto de su fabricación en cuero y algunas correas que ayudaban a sujetar el contenido.

Aprovechó de escuchar los interminables sentimientos, de ¿qué pasa? ¿por qué lo ocurrido? ¿qué pasara con mis hijos? y tantas otras preguntas.

Estaba en eso, cuando descubrió que no había traído sus zapatillas de entrenamiento, las había olvidado en una de las piezas de la casa asignada, sin embargo pensó – quizás tampoco valía la pena traerlas, porque no se sabe cuando terminará esto, y en estas condiciones no se como estaré para seguir con el entrenamiento –

Por otro lado Antón Schlesinger, estaba a cargo del hospital de Berlín, uno de los más importantes de ese momento y su destreza, gestión profesional y astucia particular lo habían situado muy bien en los altos estándares de la oficialidad del Ejercito Alemán.

Los pocos meses a cargo, le absorbían todo el tiempo y su gran preocupación era el destino fronterizo que le habían asignado a su padre, al noroeste de Alemania – espero que Jakub haya podido pasar en el mes de Marzo hacia su tierra y no tenga que estar aquí donde nadie lo va a entender, debo tratar de saber que pasa con ello, solía pensar Antón –

Al parecer lejana se oyó una orden firme que dijo – ¡ embarcar a todos en el camión ! – ese mandato sacó de sus pensamientos a Jakub – quien rápidamente buscó su maleta e intentó subir al camión, al hacerlo miró hacia atrás y vio cómo una anciana no podía subir y a la vez, un guardia hacía el movimiento para darle con la culata de un fusil para que se apresure, esto lo enfureció, trató de levantar la mano y casi al mismo tiempo sintió un estallido en la parte trasera de su cabeza, percibe que su cuerpo de debilita y sus ojos sin quererlo se comienzan a cerrar y así pierde el sentido –

Casi una hora más tarde recobra el conocimiento y pregunta ¿qué pasó?, ante esto un señor que lo atendía le dice – Mi nombre es Petra Stolenik y usted fue golpeado por un guardia en la cabeza, se salvó de ser rematado por mi, ya que levanté su cuerpo para que no estorbara la subida de otros, aquí usted debe fijarse en su persona y nada más, cuando hay tiempo – agrega - la señora que usted pretendía defender a muerto de un culatazo, quedó en el camino, los alemanes quieren exterminarnos como sea por ser judíos y no debemos darles motivos, por lo que debe saber cuidarse – Jakub se pasó la mano por detrás de la cabeza y trato de dimensionar el daño, una vez hecho esto, busco entre sus ropas unos remedios los que aplicó en el lugar herido y se sentó a observar a su alrededor. Los constantes vaivenes del camión no dejaban estar quietos, él solo quería ordenar sus pensamientos, no obstante ello, no pudo, pues mucha gente que lo acompañaban en el viaje se quejaban, lloraban o sufrían hablando, por lo ocurrido con su estado actual.

La llegada de la noche en camión, pudo traer un poco de silencio, sin embargo la bajada de velocidad de los vehículos indicaba la pronta llegada al lugar de destino, el Campo de Concentración.

Los gritos de ¡ bajarse ! de los guardias a cargo, cercenó los pensamientos de los viajantes y todos maltraídos por el viaje comenzaron a deslizarse fuera de los camiones. Una vez hecho esto, un destacamento alemán se aproximó y alineó a todos los presos y se les fue asignando sus lugares en el "hospedaje", como irónicamente se le decía. El trato era tan fuerte, que mucha gente se caía y volvía a levantarse inmediatamente, sabiendo que al no hacerlo podía quizás no volverlo a repetir.

La "zona de hospedaje" era una construcción de madera, una especie de caserón grande, poco abrigada; largas mesas con bancos hacían parecer a una Hotelera, que se había quedado en el tiempo atrapada, solo con el objetivo de incomodar a quien la usara, por su mala calidad. Luego venía el patio de reposo, que era amplio ya que tenía alrededor de 20.000 metros cuadrados de superficie, que consistía en un área de tierra y ripio, circundada por un extenso cerco de alambre de púas, que era imposible de franquear y si se lograba hacer, ahí estaban perros y guardias esperando la oportunidad de tener a alguien para estrenar su puntería, es decir nadie podía salir vivo de ahí.

En este lugar tanto en la mañana como en la tarde, se veía a Jakub salir corriendo desde la misma puerta de entrada al "hospedaje" e iniciar su solitaria carrera, que duraba entre dos a tres horas en promedio.

La estadía de un año en el lugar, le había traído admiración en la gente más joven, que se unía ahora a él para correr y con ello lograban en conjunto, mantener el estado físico y a la vez olvidar por largos minutos, lo que le estaba ocurriendo a cada uno, en ese lugar.

El "doctor" como le llamaban, una tarde cualquiera se sentó frente a la entrada y salida de vehículos y pensó – esto no se ve bien, las comidas son malas y pocos nutritivas, el agua a veces escasea, el dormir no es placentero y algunas vivencias diarias han servido para desgastar el ánimo, por lo que yo creo que si sigo así pronto sucumbiré, ya no puedo seguir con este esfuerzo inútil de correr tanto para mantener mi estado físico, creo que debo serenarme y ver la forma de escapar, ya no tengo otra alternativa - la súplica desesperada de una mujer joven pidiendo ayuda, lo saco violentamente de su pensar ¿qué necesita, señorita?, dijo. La mujer agregó - la señora Helen Levy se ve bastante mal y queremos que usted la revise médicamente, por favor.

Al acercarse a la mujer ya de cierta edad, se arrodilla y le pregunta ¿que tiene?, a esto la cansada mujer se da vuelta y mirándolo a los ojos le dice – ya solo quiero morir, todos aquí estamos muertos en vida, yo he perdido a mis hijos y nietos, ¿no se a dado cuenta que cada semana faltan tres a cuatro de nosotros y nadie puede hacer nada? Esto último dicho por aquella mujer, hizo empalidecer al joven doctor, el cual rápidamente recordó que efectivamente se han ido desapareciendo integrantes y nadie se ha atrevido o ha podido reclamar ante tan cruel realidad.

Luego de tratar de mejorar, la disposición de la mujer a comer para sobrevivir y a que pensara en positivo respecto al futuro, aún estando en esas condiciones, determinó ir a conversar con el encargado del lugar.

La audiencia solicitada fue aceptada y alrededor de las cuatro de la tarde se vio caminando hacia el despacho del personero alemán a cargo del Campo de Concentración.

Estaba a la entrada de la puerta, cuando una voz ronca, pero pausada, le invita a entrar; ambos hombres se miran uno al otro y el coronel alemán rompe el exiguo silencio que se produce y dice – así que usted es el famoso médico que corre todos los días o algunos y que ahora ¿desea hablar conmigo? -

Un tanto sorprendido por la gran apariencia física del encargado del lugar, trata de buscar el lado más cómodo, para iniciar una conversación entonces Jakub comenta – si es cierto, corro tres veces a la semana, pero esto lo hago desde siempre; para mi es mi comida, mi dormir, mi recuerdo de familia, porque fue mi padre quien me enseño a correr; no puedo dejar de hacerlo; pero bueno mi presencia aquí se debe a solicitarle que mejoren la calidad de las comidas, quizás no en cantidad pero si en variedad, hay mucha gente anciana que requiere una alimentación balanceada y lo que hoy se esta recibiendo, esta lejos de ser lo ideal –

El oficial alemán ante lo expuesto frunció el ceño y volviéndose hacia él le indicó – probablemente esté en lo correcto, pero las circunstancia sólo permiten una situación así, veré como mejorarle la comida a "ustedes" a ver si se recuperan de lo ya recibido – la palabra "ustedes" sonó con tono sarcástico e irónico, con algún dote de soberbia, pero Jakub prefirió ignorar lo escuchado, en pro de lograr lo que se había propuesto.

Pasaron siete días y ningún efecto se notó respeto al mejoramiento de las comidas, entonces un día de semana todo el grupo de "la zona de hospedaje", se abalanzó cerca de la entrada al recinto, que quedaba al frente de la oficina del Encargado y comenzó a gritar "mejoren la comida" "mejoren la comida" y junto con ello salió corriendo Jakub con un paño rojo en señal de protesta. Lo ocurrido, hizo que fueran varios vigilantes alemanes a buscar al joven doctor y lo llevaran ante el Encargado del recinto.

Al presentarse, el oficial alemán un tanto molesto le dice – usted cree que porque me venga a pedir algo yo debo obedecer y es más, se cree héroe de un puñado de personas que solo gritan por gritar; ¡ no señor ! usted me está causando problemas, por lo que debo enviarlo a la "casa de los pensamientos", enseguida junto con realizar unas señas de mando a sus guardias, éstos sujetan a Jakub de los brazos y lo llevan rápidamente fuera de la oficina, y ahí lo trasladan hasta encerrarlo, en una pieza oscura, húmeda y con olor nauseabundo.

Trató de encontrar un lugar donde sentarse, pero solo encontró un tronco poco estabilizado para poder acomodarse. Transcurridos aproximada - mente tres horas, se abre una ventana pequeña y le dejan caer en el soporte de la misma un plato de comida. Pasado cuatro días en ese lugar se dio cuenta de porque su nombre, era evidente que en ese lugar una mujer o un hombre, solo se podía sentar apenas y dedicarse luego a "pensar todo el tiempo que duraba aquel castigo".

Habían pasado dieciocho días, cuando una mañana de Domingo se abre la puerta y una botas grandes de cuero negro, entran y una voz con sonido ronco le habla al abatido doctor, que yacía de bruces en el lugar – ¡ doctorcito ! usted parece haber captado, que solo está vivo porque nosotros ¡ pero más su gente ! requiere que usted lo ayude médicamente, pero si usted insiste en seguir con sus ataques de insurrección, lo que puede llevar a abarcar a sus congéneres, volveré a encerrarlo y con ello no disfrutara más de su "familia" -

este último terminó en su confundida cabeza, a Jakub volvió a asociarlo con el gesto irónico y soberbio de la primera vez que lo conoció; entonces se levantó con cierta dificultad y preguntó - ¿por qué familia? -

El oficial yéndose ya, se da vuelta y le dice – usted mismo me dijo que el correr era como su familia, porque se acordaba, que desde siempre lo tenia, entonces "doctorcito" no me complique y así usted podrá correr y volver a disfrutar del recuerdo de su "familia", de lo contrario volverá solo a "pensar" - dicho esto se retira y dos guardias toman por los brazos a Jakub y lo sacan con fuerza desde dentro de su prisión.

Mientras los guardias lo deslizaban hacia el exterior se pregunta ¿qué lo hace correr siempre? ¿porqué soporta ese trato? ¿no sería más fácil evadirse de todo?, ante ello piensa categóricamente – el correr me hace acordar de mi padre y con ello a mi familia y obviamente mis metas a cumplir siempre y a la vez soporto esto, porque soy un convencido que en la búsqueda de la verdad que no es absoluta, mi participación puede ayudar a encontrarla y al mismo tiempo no quiero pasar por esta tierra y ser un mero observador, de lo que pasa a mí alrededor -

Un grito de dolor que recorre su cuerpo lo vuelve a la realidad, cuando sus ojos descubren que existe luz, claridad que impide abrirlos y entonces, solo siente con asombro como lo arrastran hacia la "zona de hospedaje"; una vez allí lo dejan caer quedando tirado sobre un piso de tablas.

Casi al minuto siente que le colocan bajo su cabeza una almohada blanda y un paño húmedo sobre su frente y al instante escucha una voz de mujer que lo insta a acomodarse y a tranquilizarse, eran sus compañeros de habitación, que por lo demás eran varios cientos.

Ya una vez recuperado pregunta en que día esta, y la respuesta no se demora en escuchar – han pasado 18 días desde que usted se fue al encierro y estamos casi un año y ocho meses en este lugar –

la que había hablado era una mujer de unos cincuenta años, de mirada fuerte y con sus ojos casi sin movimientos, a la vez que lo instaba a quedarse quieto en su cama.

Al tercer día de su regreso al "hospedaje," apareció el sol desde la cordillera, y la puerta del lugar en donde estaban las familias judías, se abrió de pronto y apareció de nuevo, una figura delgada tratando de iniciar una carrera alrededor del lugar.

Jakub nota que su cuerpo está dañado, sus piernas ya no tienen la firmeza de otrora y que su respiración hace su aparición en forma más temprana; fue así como no alcanzó a rendir cuarenta minutos de carrera, cuando sus piernas se doblaron para dejarlo caer en el escaso césped que había.

Sus mejillas se sonrojan y sus ojos dejan caer un torrente de lágrimas que no puede detener, se arrodilla contra el suelo y espera que pase lo ocurrido y piensa en su familia – cómo saber de ellos si no puedo escapar, dice –

Cada cierto tiempo se acercaba a la mujer de los ojos sin movimientos y le preguntaba por la fecha y ella le contestaba en forma tan certera como su mirada.

¡ Cuánto ya había transcurrido ! Se iniciaba el tercer año de reclusión, ¡ era demasiado ! ya que se estaba en el año 1944 y nada sabía de sus familiares.

Cuando en el mes de Enero en pleno invierno, se dejaba caer una densa neblina y un manto de frió denso, Jakub no detenía su marcha de ejercicios corriendo; pero entonces sus ojos se quedaron fijos mirando la ventana a través de la cual el oficial a cargo del recinto lo miraba correr; acto seguido pensó – si estoy así es que he muerto y eso no debe ocurrir, con ello he afectado mi razonamiento lógico y a los que hoy me acompañan, he perdido la voz , ¡ no puede ser ! – Sin cambiarse de ropa se dirigió a la guardia y exigió ver al Encargado, antes de culminar la discusión del objetivo de la visita una voz ronca dijo desde una ventana - tráiganlo, lo atenderé - Al llegar a la oficina Jakub escucha - no me has decepcionado, otra vez estas aquí ¿para qué? - dice el oficial a cargo del recinto.

Exhalando aire como una forma de relajarse Jakub le dice - señor he venido para solicitarle de nuevo, mejore los insumos de las comidas, el agua y ropa de cama, para enfrentar este nuevo invierno -

El oficial alemán rápidamente contesta - la Convención de Ginebra nadie en este lugar lo conoce ni la conocerá, es más no veo tanta necesidad para ustedes aquí y por otro, ya hay bastante preocupación por hacernos cargo del resto del Hemisferio, como para preocuparnos tanto de un par de personas - Jakub sacando fuerzas de flaqueza le dice - espero que esto pronto termine y que yo esté presente ahí, para pedir como lo hago en esta ocasión, que revisen lo ocurrido y a sus responsables - Lo indicado debió calar hondo en el oficial que solo atinó a decir – tus días de carrera están terminados - ¡ guardias !, enciérrenme otra vez a este judío, en la "casa de los pensamientos" por treinta días y que el sucesor haga cumplir si es de su parecer, la Resolución de mi autoridad –

Volvió a sentir su cuerpo desplazarse, por la fuerza de los guardias. El camino hacia el mencionado castigo casi olvidado, volvía a refrescarse y a tornarse nuevamente injusto.

La tarde helada volvía esta vez a acurrucarlo junto a una esquina, para tratar de buscar una mayor protección. La llegada de la noche, no trajo mas que rabia y dolor ante tan incómoda situación; así y todo la llegada de la madrugada termino por hacer rendir sus ojos a un sueño que hacia presagiar una estadía no tan reparadora.

Amaneció un día helado y justo cuando se acercaba las 8:00 horas de la mañana, se ve caminar hacia un auto blindado la figura del que fuera hasta ese momento el Encargado del recinto;

levanta la mano derecha y saluda a su personal con un típico ¡ Heil Hitler !, en seguida se pone los guantes, se inclina y toma posición del asiento trasero derecho del auto. Todo lo realizado correspondía ha su traslado hacia otro lugar; no hizo ningún ademán para las personas que se agolparon a observarlo, ni siquiera miro tras el vidrio, se fue como llego; sin la mayor trascendencia, solo dejo un signo de molestia y rencor por todo lo ocurrido el día anterior.

Cuando una pizca de sol trataba infructuosamente de internarse en la tierra, para dar la claridad que todos esperaban, a más o menos trescientos metros del lugar aquel, se levantó una suave polvareda y la proximidad de un ruido, indicaba la llegada del nuevo Oficial a cargo del Campo de Concentración.

A medida que se acercaba el vehículo, se comenzaron a abrir los portones de madera para dejar entrar a las visitas; poco a poco el vehículo traspaso el umbral de los portones y en escasos segundos emergió un hombre alto y rubio, que se saco el sombrero militar y saludo a su personal, para después pedir que le permitieran hablar con los detenidos del Campamento.

Justo a las 14:00 horas se escucha abrir la pequeña ventana que dejaba pasar la comida, Jakub una tanto adormecido y con una tos crónica, recoge lo entregado y sin mirar de que se trataba, comienza a comer y a masticar. En esto el guardia que ya lo conocía, le dice pausadamente – ¡ doctorcito !, ha llegado un nuevo jefe, ojalá se calme y no vuelva a intentar nada, ya que será para sufrir solamente – ¡ Se equivoca usted ! Replica Jakub y continua - ya nada puede evitar esto, seguiré pidiendo lo que considero justo para todos nosotros -

El oficial recién llegado, caminaba y caminaba en la sala de la oficina, como tratando de adivinar que le faltaba a su tienda de trabajo, miró el cielo raso rasgado por el pasar del tiempo y las cortinas sin lavar. Enseguida mandó a mejorar lo observado y se dirigió a las ventanas y ahí pudo observar como la población de presos judíos se movilizaban de un lugar para otro y al mismo tiempo vio como algunos jóvenes haciendo pareja corrían alrededor del patio, que había sido entregado a ellos.

¡Teniente Dremmel! gritó el oficial y luego agregó - ¡Que hacen ésos!, que están en el patio – el teniente contestó - bueno ellos hacen ejercicios de atletismo casi todos los días, mi Coronel -

Escasos segundos después de mirar, cierra la ventana y se dirige a su escritorio para iniciar sus nuevas tareas.

La primera acción en el recinto fue juntar a la plana mayor de oficiales y suboficiales subordinados y les pidió a parte de lo ya informado a todos, de que forma poder entregar mejor la información a los del Campo de Concentración.

Un capitán un tanto grueso en su estado físico indicó – no es tan difícil la misión, lo ideal sería entregar toda la información al representante que hace de jefe, pero él esta en la "casa de los pensamientos", terminó de decir eso y el Coronel encargado dijo – ¡ a ver hay un individuo que no escuchó lo que dije a mi llegada y más encima es el que hace de jefe ! o representante de todos ¿eso es así? Casi al unísono se escucho decir de parte de todos – efectivamente es así -el coronel mantiene la mirada firme pero serena a todo su personal y se pasea delante de ellos como pidiendo explicaciones, sin embargo baja ahora la mirada y comenta – desde hoy en adelante cada cosa que ocurra aquí se me debe informar, además mañana temprano deben entregarme el informe con el motivo del encierro del señor que esta en la casa de...de...de... ¡ los pensamientos !, le afirma alguien.

Alrededor de las 15:00 horas, el coronel sale a recorrer el lugar donde estaban "hospedados" los judíos, revisa todo lo que concierne a esta situación y aprovecha de conversar con algunos, que en su mayoría eran personas de cincuenta años y más. Recibió una larga lista de peticiones y reclamos por la instalación, principalmente, el abrigo del lugar, baños y alimento.

Escuchó con atención y no entregó solución alguna, sino que pidió tiempo para ver como solucionar en la medida que se pudieran los problemas planteados.

Un señor de cierta edad, alto y delgado se le acerca, se saca un jockey bastante usado y le dice – si puede hacer señor algo, por lo que le hemos pedido, le estaríamos agradecido, pero ya de mi parte gracias, por haber venido y escuchado, esto jamás había ocurrido – el coronel un tanto sorprendido asiente con la cabeza y se retira del lugar.

Se iba a su oficina cuando de improviso le pide al guardia que le muestre la famosa "casa de los pensamientos" y al mismo tiempo le explique el por qué del nombre, a esto el guardia indica – bueno tiene ese nombre debido a que la persona que recibe ese castigo de estar allí, no le queda nada más que pensar en su estupidez realizada y que sé yo qué otra cosa, ya que no puede hacer nada más – ante esto el oficial dijo - así que de esa forma lo ven ustedes, ¡ lléveme ! por favor, no vaya también a ser un lugar que sirva para pensar en ¡ como escapar de aquí ! - un tanto sorprendido el guardia le indica – mi coronel, de aquí nunca nadie se ha escapado, y ya han pasado cuatro años y medio, no se olvide que estamos muy cerca del año 1945 –

El coronel mientras caminaba hacia el lugar de castigo pensaba en que ya se acercaba Navidad y Fin de Año (se estaba en los primeros días de Diciembre de 1944) y que así como estaban las cosas debería pasarlo en ese lugar un tanto lúgubre en base a lo observado, lo que se hacía mas valedero, cuando la presencia de una suave brisa pero helada, ponía de manifiesto la presencia de otro invierno en la zona.

La apertura de la fuerte cerradura que tenía la puerta del famoso encierro, permitió abrir un espacio, que dejo pasar la luz del día aunque ya tenue, por la normalidad de la estación del año presente.

El hombre que estaba en su interior – Jakub- no pudo soportar el reflejo de la luz y tendido en el piso se dio vuelta de bruces, en eso se escuchó la voz del coronel que le dijo – yo soy el nuevo oficial a cargo y mañana usted se presentará en mi oficina a las 14:30 horas a decirme cual fue el motivo de su encierro y ahí tomaré la decisión, de dejarlo aquí nuevamente y/o desestimar la orden de mi antecesor, por lo pronto usted, debe pensar a lo mejor en pasar la ultima noche en este lugar –

Casi sin poder levantarse y mirarlo a la cara Jakub esgrime unas palabras, acompañadas de una tos crónica – ¡ gracias !, ¡ gracias ! por lo hecho y estaré en su oficina a la hora indicada – dicho esto el coronel revisa con su mirada la ultima vez al lugar y despidiéndose del guardia, se pierde hacia su lugar de trabajo, su oficina.

Amaneció el día y exactamente a las 8:00 horas apareció un guardia con una carpeta en la mano derecha y después del saludo de rigor hacia su coronel, le hizo entrega de la documentación, agregando - aquí está mi coronel la información solicitada, de la persona encarcelada, ¡ Heil Hitler !, dicho esto se retira y cierra la puerta.

El encargado del lugar ve la carpeta, la desplaza de lugar y atina a pensar - cierto que hoy tengo una entrevista con este hombre, lo revisaré en el mismo rato, lo importante será conocer su propia versión sobre lo ocurrido, por ahora veré qué cosas se pueden mejorar en este recinto -

Llegada las 11:00 horas da la orden de sacar al preso de su prisión, para que pueda quedar apto para la entrevista de la tarde. Acto seguido un guardia corre a ejecutar la orden.

A través de las cortinas de su ventana, el coronel observa cómo se desplazaba el hombre del encierro, caminaba lento y con dificultad, con su mano izquierda apoyada en la región visual, como evitando que la luz natural le llegue directamente a sus ojos, al mismo tiempo que era ayudado por dos guardias.

Visto esto pensó – así como se encuentra, no veo peligro en él, ni siquiera como dirigente, será interesante saber que dice y en base a ello si todo sale bien, poder a través de él mitigar los posibles embates de su comunidad –

La hora de la entrevista había llegado, el largo pasillo dejaba escuchar el sonido de la madera vencida de tanto trajín recibido y ahora soportaba también el lento caminar, de quien horas antes había estado encerrado, en la prisión característica del lugar.

Jakub golpeó a la puerta del Encargado y se escuchó una voz que le indico pasar.

Tomó asiento y se dispuso a oír Jakub al coronel, éste a su vez se dio vuelta desde la ventana, se dirigió a su silla y sacando su sombrero militar y entreabriendo la carpeta le dijo – hoy día recién nos conoceremos ambos – esto pareció retumbar en la sala, acto seguido,

Jakub con sus ojos aún colorados producto del encierro, aparta la silla e inclinándose hacia delante y pronuncia: - ¡ eres tú Antón !, casi al mismo tiempo la mirada del oficial se queda pegada en la carpeta pero más específicamente en el nombre del entrevistado y exclama levantándose de su asiento en forma torpe – ¡ es que esto no puede ser !, ¿eres tú también Jakub, el checo?

Ambos hombres se miraron por unos pocos segundos, pero que fueron eternos, ninguno de ellos reaccionó rápido, sólo la mano estirada de Jakub tratando de saludar a su amigo, provocó que Antón reaccionara y se acercara a su amigo para darle un fraternal abrazo, que terminó con los rostros de ambos convulsionados por la emoción de haberse encontrado y en esas circunstancias.

Sabes "checo," esto no lo puedo creer, qué pasó conmigo, qué te sucedió a ti, yo creía que habías alcanzado a pasar a tu tierra, dime que paso, por favor. Jakub un tanto confundido aún trata de hilvanar una conversación cuerda y dice ¿cómo llegaste aquí? ¿qué te trajo a este lugar?

Antón asombrado por todo lo ocurrido, logra serenarse y dice – esa vez que apurados nos separamos, me llevaron al ejército y por mi condición médica me dejaron con el grado de capitán y por ende como segundo oficial a cargo de un centro de retención de judíos en la ciudad de Berlín, ahí he pasado hasta que descubrieron mi consideración, tolerancia y quizás simpatía hacia los presos judíos que en ese momento existían, lo que provocó que me sancionaran, trasladándome aquí al Campo de Concentración de Dresden, donde me pidieron que dirigiera y administrara este recinto; independiente de lo que me pasaba yo siempre pensaba que tú ya no estabas en Alemania ¿por qué esto?

Ya más tranquilo, Jakub mira hacia el piso de madera, luego levanta la mirada y deja caer lágrimas de sus ojos, al mismo tiempo que dice – ¡ no alcancé a pasar la frontera hacia mi país !, me detuvieron y trabajé vigilado, donde tú sabes, en el hospital de Dresden, pero sólo me dejaron laborar poco tiempo, para después enviarme como a todos a este lugar, desde ese día nada sé de mi familia – consternado también Antón, reacciona con cierta rabia y dice – amigo, que hicimos para ganar "esta carrera" de olvidos e injusticia, sobre todo tú – agrega – por lo pronto ¿que deberemos hacer para que no descubran esta amistad? – Jakub, toma a su amigo por los hombros y le indica – no debes castigarte por lo ocurrido y pasar riesgos innecesarios, yo no seré el que produzca tu destitución o quizás ¡que represalias!, estoy feliz de encontrarte, pero esto huele mal, puede traernos malos ratos a ambos, por lo que debemos dejar pasar el tiempo, para pensar –

Antón escucho a su amigo y dijo – me parece bien pensar, pero esto debemos darle un tiempo corto, más para ti que para mi, por lo pronto pediré que ya no te vayan a dejar a la "casa de los pensamientos" y veré como mejorar la situación de abrigo, me refiero a frazadas y otros en sus dependencias; también me preocupa tener medicamentos, no te ves bien como estás ¡ checo !, debes cuidar esa tos que tienes – Después de conversar un rato más, se despidieron para encontrarse en 48 horas más.

El retiro frente al guardia fue con la normalidad establecida en el lugar.

El caminar de Jakub por el pasillo de vuelta a su lugar de estadía, fue más rápido, internamente había recuperado la esperanza de vivir con cierto optimismo, por el futuro que ya lo tenía perdido, según su propia convicción hasta hace unos minutos atrás.

Por su parte Antón, no cesaba de hacerse preguntas a si mismo y al mismo tiempo programar algún plan, que no destruyera lo que había hoy en la mañana logrado, "encontrar a su único amigo".

Un nuevo día amaneció y Antón se óar, del desalentador panorama de las fuerzas alemanas; cuando apagó la emisora su mirada era la de un oficial que estaba seguro de producirse un cambio trascendental en la política de Alemania, es decir, se acercaba el fin de la era del tercer Reich; en ese mismo instante vio como su amigo salía del "hospedaje" e iniciaba una carrera dificultosa para alcanzar el acostumbrado patio de entrenamiento.

Se sobrecogió al ver el espectáculo, ya que no parecía ser su amigo al que siempre le costaba ganarlo en una carrera de maratón estudiantil, la mayoría de las veces él era derrotado. A la distancia observó su forma de correr, era lenta y a la vez con dificultad, su cabeza baja y de caballo largo hacían parecer que su figura quería descansar ya, del "abrigo duro y áspero" de unos viejos y usados zapatos.

Se dijo entonces Antón – nadie podría creer que ese hombre fue un eximio corredor de maratón estudiantil y que debido a ello tiene varias medallas a su haber; estoy conmovido lo que ha hecho nuestro trato con mi amigo, ¡ debo hacer algo por él ! –

CAPITULO   VIII

CONSTRUYENDO UN PLAN

La llegada de la noche no hizo posible que Antón pudiera conciliar el sueño, no dejaba de pensar en que hacer para ayudar a su amigo, sin embargo lo peor que tenía en contra, era que él menos que nadie debería aparecer ayudando a un judío, esto podía costarle hasta la vida.

Ya eran casi las 3:00 horas de la madrugada, cuando de pronto quedó su mirada fija mirando el cielo raso de su habitación, se volteó lentamente hacia su lado izquierdo y encendiendo un cigarrillo pareció sonreír, al mismo tiempo que se le escapaban palabras – este plan será la única posibilidad de salir de aquí, debo mañana conversarlo con Jakub y ver su proyección – pensado esto, apago su cigarro y se dispuso a dormir, las escasas horas que le quedaban antes de levantarse a trabajar otra vez.

Amaneció el día y varias personas del Campo de Concentración se agolparon junto a las rejas del recinto, que estaba dedicado a realizar atletismo u otra disciplina deportiva, a observar lo que sus ojos no podían creer ver, claro ahí estaba el espigado oficial alemán a cargo del lugar, corriendo alrededor de una mal arreglada pista de carrera.

Pasada una hora de entrenamiento, detuvo su andar el oficial y frente a un gran número de judíos que lo observaban, saludó sutilmente para luego dirigir sus pasos hacia una construcción habilitada como casa.

Alrededor de las 17:10 horas, mandó con un guardia a traer al representante de la comunidad detenida. No pasó mucho rato cuando hace su aparición Jakub con un chaquetón bastante usado pero de mejor semblante, que horas atrás.

Al introducirse se escucha una voz cariñosa que lo insta a entrar, el guardia que lo acompañaba un tanto extrañado por el saludo observado, se quedó fuera esperando una nueva orden.

Una vez cerrada la puerta, los dos amigos se saludaron afectuosamente y luego de sentarse, Antón arremete preguntando ¿tienes algo planeado para tu salida de aquí?, Jakub, moviendo su cabeza con una seña negativa le dice – estimado amigo no pude pensar en algo, creo sin abusar, que esto te corresponde a ti, ya que puedes manejarte con libertad y además tienes poder para manejar situaciones delicadas, como por ejemplo transitar fuera de aquí ¿o me equivoco? – escuchándote hablar, dice Antón y al ver la situación en que nos encontramos hoy, creo que tienes mucha razón –

Prosigue Antón en la conversación – lo que te voy a decir lo pensé anoche y solo debe pertenecer a los dos, pero necesito tus aportes para prepararlo mejor, ya que de esto depende prácticamente nuestras vidas –

Invitando a servirse una copa de jugo de manzana, Antón continua con su Plan de Escape para su amigo – ¡que te parece! si te digo que he pensado, que nuestra maratón estudiantil nos puede salvar - casi sin entender Jakub le solicita ser más explícito – Bueno dice Antón, tu querida ciudad de origen Cheb queda a unos setenta y dos kilómetros desde aquí, por lo que he pensado que si organizamos una carrera competitiva, pero afuera del recinto, podremos avanzar hacia el norte al menos unos veinte a veintidós kilómetros, luego quedarían cincuenta kilómetros para llegar a la frontera con tu país, pero como tú sabes éste también esta ocupado por nosotros, pero ahí tú deberás poner de tu parte y saber internarte en la región montañosa, que por lo demás tu conoces muy bien y si tienes suerte podrás comunicarte con alguien de tu familia y/o bien con personeros de la Resistencia, que componen una organización militar de resistencia que lleva por nombre "Defensa de la Nación", los que han sido bastante osados en esa parte de tu país, ¿qué te parece la idea?

Pasaron largos cincuenta segundos y Jakub levantándose de su asiento, se dirige a su amigo y le dice – creo que es una buena idea, pero debo preguntarte algunas dudas fuertes que tengo al respecto, sin embargo, estimado amigo me quedo preocupado por ti – antes que siguiera hablando Antón le indica – ese no es tu problema, me da la impresión que podré manejarlo; en todo caso deseo saber ¿cuales son tus dudas de lo planteado?, ante esto Jakub con voz baja y cierta preocupación le dice – las dudas son ¿quiénes vamos a correr? ¿va a hacer de un día para otro la organización de la carrera? ¿cuándo pretendes hacerlo? y ¿cuál será el trazado de la pista? y esto último ¿como lo vamos a diseñar sin levantar sospechas?, además debo decirte que ya no soy el contrincante estudiantil que tenías, estoy y me siento agotado, no creo poder hacerlo hoy – dicho esto se deja caer pesadamente en su silla y espera cual alumno la respuesta a sus dudas.

Antón un tanto serio en la expresión de su rostro se levanta de su silla se acerca a la ventana y dice – desde esta posición ayer te vi correr y obviamente no eres lo que conocí, pero con entrenamiento, mi ayuda y tu corazón podrás recuperarte, para eso tú deberás colocar el tiempo que necesitas; los que correrán deberán ser pocos para no fabricar sospechas; se hará la carrera con un máximo de dos días de anticipación y deberá ser un Domingo, cuando no llega nadie a visitarnos. Me conseguiré un plano de toda esta zona, involucrando la parte de tú país que nos interesa, Cheb y ver como construimos en tan poco tiempo, la zona de competencia y esto es justamente en mi plan, el "Talón de Aquiles" ya que no sé como lo voy a realizar; pero amigo no queda otra cosa que intentarlo y yo ya empecé, ¡ corriendo delante de toda tu comunidad ! en la mañana; haré esta operación cada tres días como antes para ir acostumbrando a todos y patentar de esta forma una acción habitual de entrenamiento atlético entre ustedes y nosotros, entonces ¿porque no una competencia sana, cualquiera de estos días? termino diciendo esto con una mirada vivaz, perspicaz y atrevida. Jakub que lo había estado escuchando atentamente se sonrió para insinuarle – volviendo a reiterarte, no esta mala la idea y te agradezco infinitamente tu esfuerzo para conmigo, pero si algo sale mal que pasará contigo – no alcanzó a ser una pausa justa cuando Antón dijo – será amigo, el tiempo y talvez un poco de suerte los que nos puedan ayudar a descifrar lo que pasara con nosotros, pero por ahora debemos intentar correr esta inusual "maratón" hacia tu merecida libertad, ojala así sea. Yo ya tengo hace rato la mía y a los míos, por lo que debes intentarlo para recuperar el tiempo perdido -

Jakub a punto de no atreverse, pero sin poder evitarlo pregunta ¿y los demás, se quedarán, no haremos nada por ellos?

Esta vez el oficial a cargo saca un cigarrillo de su camisa lo enciende y dibujando varios anillos de humo en la pieza enfrenta a su amigo y le dice – sabía que lo preguntarías y me duele tener que decirte esto, pero sacarlos a todos no es menester nuestro, el hacerlo nos acabaría a los dos, además tú fuera de aquí, quizás puedas ayudarlos de mejor manera con la información que posees; y de las personas que se quedan, ¡ algo podremos hacer por ellos ! dentro de lo que mis facultades entregadas me permitan realizar - Por lo pronto amigo "checo", deberemos iniciar este proceso, de que nos vean correr de vez en cuando, para luego transformarlo en algo habitual; pasado mañana será nuestro primer encuentro en la pista.

Ambos hombres, después de estar un rato analizando lo conversado y con sus rostros que expresaban algún grado de esperanza, mezclado con la preocupación, se despidieron para seguir cada uno en sus quehaceres, en aquel lugar.

Habían pasado dieciocho días después de su encuentro y con ellos quedaron atrás Navidad y Año Nuevo, fechas que no eran festejadas, solo con un saludo de mano y uno que otro abrazo fraternal; eran días para la población judía solo para pensar en la familia perdida y en su futuro incierto.

Al tercer día de iniciarse el mes de Enero de 1945, apareció repentinamente en el lugar un auto negro, con dos banderas que llevaban la cruz de hierro y cuatro camiones con carrocería cubierta por lonas y dos motociclistas. La presencia de este convoy, trajo incomodidad en todo el personal del recinto, como en la comunidad retenida.

Se bajo del auto un oficial alemán, quien después de saludar al personal se dirigió raudo a la oficina del Encargado del Campo.

Todo lo ocurrido había sido visto por Antón desde la ventana y un sudor frío y duradero le comenzó a aparecer por su cuerpo, efectivamente lo que provocó tal sensación era nada menos que la presencia de la Waffen-SS., el organismo de inteligencia y seguridad de las fuerzas del tercer Reich.

Después del saludo de rigor, el teniente-coronel de la S.S. le informó a Antón su misión y que era la de haber venido a buscar ciento veinte presos judíos, para llevárselos al campo de Concentración de Auschwitz, sin mencionar cual sería allí su destino.

Un poco perplejo por la noticia, Antón asiente con la cabeza la decisión comunicada desde el alto mando, entonces el oficial de la S.S. rápidamente, imparte instrucciones para cumplir con la misión encomendada.

Se inicia así el despliegue de ciento veinte personas, para ser trasladadas en cuatro camiones. Antón observó con cierta tranquilidad, la crueldad del personal de la S.S. para hacer cumplir la orden de su superior. Se podían ver algunos rostros de la gente entregados a su decaída realidad, caras cansadas de tanto llorar por seres queridos, ropas andrajosas, malolientes y cuerpos cansados de luchar; sólo se oían gritos y llantos desesperados, por encontrar una razón de su desgracia.

De pronto el rostro de Antón cambio de curso, palideció de súbito, sus manos transpiraron rápidamente y todo su cuerpo se movilizó al punto de casi correr por el pasillo que daba a las afuera de la oficina. Se llevaban a su amigo Jakub a uno de los camiones, casi en el límite de un grito de terror dijo - ¡ alto ! ¡ a él no lo llevan ! lo indicado paralizó todo el entorno, la luz del día que apenas había llegado al lugar, parecía retroceder ante tan tajante orden.

El oficial alemán de la S.S., estaba de espalda y al escuchar tal orden, giró lentamente para ver quien había osado realizar tal mandato, efectivamente ahí venía hacia él el Encargado del Recinto, el responsable de tal orden.

¿A qué se debe tal consideración coronel Schlesinger? dijo el oficial de la

S.S.; Antón, un tanto más preparado que hace unos minutos atrás, replicó con firmeza – no es ninguna consideración, pero usted me lleva a la persona que representa esta comunidad y yo debo velar por mantener el orden aquí y gracias a él, hemos podido vivir más o menos en paz - El oficial de la S.S., agregó – ¿no encuentra inútil su decisión, si al final sea hoy o mañana tenemos que llevarlos a todos, incluido al representante? - ante la pregunta capciosa Antón contestó – ¡ pues bien !, entonces si es así, se irá en esa oportunidad en el último camión – ambos oficiales se miran por un par de segundos, que parecen ser varios minutos, hasta que el oficial de la S.S., gira sobre sus pasos y emite una orden – ¡ bajen al hombre indicado ! solo él se queda en esta única ocasión , sobre la misma se vuelve junto a Antón y le dice- no sé por qué, pero a usted lo he visto antes ¿usted no? – Un tanto extrañado Antón vuelve a quedar sorprendido y mirándolo nuevamente le contesta – no recuerdo haberlo visto - y con el saludo característico de ¡ Heil Hitler ! se despide rumbo a su oficina.

Una vez que ve alejarse definitivamente la caravana de camiones con su carga de personas, se frota las manos y siente que ha sido un día cansador, por lo que se dispone a depositar lentamente su cuerpo, a lo largo de un descolorido diván pretendiendo olvidar el impasse sufrido. Acababa de cerrar los ojos cuando un guardia tocó la puerta anunciando visita, Antón pregunto quién era, a lo que el guardia contestó - se trata del señor representante de los presos judíos –

De un salto se para y recibe a la visita, después de un saludo fraterno, Jakub dice – gracias por salvar mi integridad hoy, no quepa la menor duda que a esta hora estaría yéndome hacia un rumbo desconocido y a lo mejor sin vuelta – quiero además preguntarte - ¿a dónde fue mi gente y a qué los llevaron? ¿qué va a pasar con nuestro programa?

Un tanto incomodo Antón se arregla la chaqueta y colocando sus manos sobre una mesa le indica – tu gente Jakub se fue a Auschwitz y quisiera decirte que ahí se hace cargo la SS., que es una entidad militar y de seguridad del partido nazi y respecto a esto no me pidas ahondar en el tema, en todo caso su caso es de difícil solución, en cuanto a lo que les va a suceder; además debo comunicarte que la permanencia del Tercer Reich en el poder y sus aliados como Austria, Italia y otros se a debilitado al máximo, creo que muy pronto llegaremos a un final triste para todos los que participamos en "esto" (haciendo alusión a la segunda guerra mundial). No es menor mi comentario referente a los hechos descritos, puesto que si tomamos en cuenta tres aspectos bélicos como la Invasión Aliada en Italia, la batalla de Kursk en la Unión Soviética y el Desembarco Aliado en Normandía son claras señas de nuestra derrota, solo falta poco tiempo para reconocerlo y aceptarlo; considerando lo expuesto con lo que hemos planeado, debemos adelantarlo lo más pronto posible, puesto que el oficial de la S.S. a cargo del traslado de tu gente, pronto volverá por otro grupo de gente y si sigue así ya no podré detener tu traslado, por lo tanto deberemos actuar con casi un mes de anticipación. Recuerda amigo, que todo lo que esta ocurriendo, es decir el traslado de tu gente, se debe a represalias de nuestro Führer hacia los intensos bombardeos que han efectuado los ingleses a varias ciudades de Alemania incluida ayer Berlín, en donde las bombas han diezmado también a nuestra población civil; quiero terminar mi conversación alertándote que según información extraoficial, el próximo mes de Febrero los ingleses bombardearan esta ciudad (Dresden), por lo tanto estimado amigo ésta es otra razón de adelantar nuestro plan y ver que el tiempo y la suerte como te dije, nos ayude a concretar todo lo programado –

terminado de decir esto Antón, caminó unos pasos, buscó su silla y se sentó a esperar lo que le iba a indicar su amigo.

Colocándose las manos en los bolsillos de su abrigo y respirando hondamente, Jakub dice - así como están los hechos descritos por ti, entonces debemos preparar todo para el primer domingo de febrero, ese sería la fecha última para culminar con lo planeado. Antón se adelanta y dice – pues bien, yo me encargaré de ver por dónde irá nuestra carrera y quiénes nos acompañaran, tú preocúpate de estar a punto con tu físico ya que será para ti, ¡ una doble maratón !, no te olvides – ambos se despiden con lo programado hasta ese momento.

Iniciándose la última semana de Enero de 1945, emergió un sol tenue como avisando la presencia dura de un invierno triste y helado. Al levantarse de su cama Antón se veía intranquilo, fue así como estando en el desayuno y al levantar la taza de café, su rostro palideció al leer varios reportes que tenía sobre la mesa; dejó la taza con prontitud, se irguió de la silla y trató de serenarse; volvió a tomar los reportes que decían " ...la presencia de miles de refugiados en la ciudad de Dresden se debe a la huida de éstos ante el avance de los soviéticos" , éste resumen informativo caló hondo en el pensamiento de Antón – si esto esta pasando, se acerca el final de nuestra era invasora, pero también es una advertencia de que tenemos que dar la partida al plan, y debe ser el Domingo subsiguiente, es hora de ver lo de "la carrera" –

Como lo habían programado, cada tres veces por semana corrían cuatro detenidos judíos mezclados con tres guardias alemanes que estaban a cargo del recinto. En general muy poco se hablaban al principio, pero con el pasar del tiempo (dos meses) ya se veían vestigios de una conversación más distendida, pero guardando la distancia que siempre imponían los alemanes.

Entre todos ellos se encontraban Antón y Jakub. Todos los que componían el Campo de Concentración (alemanes y judíos) ya estaban habituados de ver correr varias horas a los siete hombres; los rostros de varias personas se mostraban conforme de poder disfrutar de varias carreras realizadas, aunque ninguna con un grado de competitividad, lo que no se hacía por temor a establecer desavenencias poco apropiadas al interior de la población, sobre todo la que estaba recluida.

CAPITULO   IX

EN LA RECTA FINAL

El día antes de iniciar la carrera, alrededor de las cinco de la tarde cuando el anochecer avisaba de su presencia, se ve saliendo del despacho del Encargado del recinto a Jakub, agente coordinador con la población judía.

Cuando dejó tras de si la puerta cerrada de la "hospedería judía" Jakub, insto a toda la población a tener una reunión de emergencia, en la cual sucintamente dijo – mañana el coronel a cargo Señor Antón Schlesinger programó una carrera de maratón, lo que involucra como ustedes saben correr entre cuarenta y dos a cuarenta y tres kilómetros; la pista de carrera para que sea competitiva será efectuada en las afuera del recinto, se partirá en el portón de salida a las 15:00 horas, se seguirán veintiún kilómetros hacia el Norte y culminará en el mismo portón, completando así los cuarenta y dos kilómetros de carrera. Quiero decirles que se hizo de esta forma para evitar que alguien le avise a la policía secreta La Gestapo y ésta a la S.S.

Es decir, con ello podemos evitar que estas organizaciones preparen algo inaudito, que esté en contra de lo que hemos ya resuelto llevar a cabo. Si nosotros ganamos esta carrera nos instalaran un calentador en el centro de esta "casa" y mejoraran la cancha de entrenamiento y nos entregarían varias frazadas para poder pasar mejor el invierno; ahora si por el contrario perdemos, seguiremos igual y no deberemos reclamar nada, hasta que llegue la primavera, eso es todo –

Cuando terminó de hablar se sentía incomodo, no acepto los buenos deseos de su gente, porque él sabía que nada de lo que el habló pasaría, ya que el iba a tratar de escapar, no obstante ello, compensaba su dolor pensando que quizás su huida, serviría de algo para poderlos ayudar desde fuera del recinto.

Los amigos a cargo de semejante carrera de maratón, enfrentaron una noche difícil, ya que no pudieron prácticamente conciliar el sueño, ya que innumerables pensamientos ocuparon ese espacio.

El amanecer del 12 de Febrero de 1945 ya no era igual a cualquier día, pues hoy competían hombres con iguales condiciones físico-químicas pero en bandos diferentes, en base a religión, política, genética, otros.

Antón apareció en el umbral de la puerta de la oficina de reuniones y vio como estaba todo su personal apostado esperando su aparición; después del saludo de rigor, se saco los guantes negros y tratando de mirar a cada uno expelió las siguientes palabras – debido al cúmulo de reclamos y peticiones que tengo realizados en forma verbal y algunos en forma escrita por el coordinador de la población judía, he dispuesto realizar una carrera de maratón fuera del recinto. De ella depende si en base a esta lid deportiva, aceptamos o no parte de sus peticiones. Se iniciara a la 15:00 horas de hoy y comenzará en el portón y culminará en el mismo, después de haber recorrido en total cuarenta y dos kilómetros; si nosotros perdemos, deberemos darle un calentador, frazadas y mejorar la cancha de carrera y si ganamos como espero que así suceda, deberán ellos dejar de reclamar y de realizar peticiones, hasta que llegue la primavera, por lo que les pido discreción ante lo expuesto y apoyo a mi y a la persona que elegiré para que me acompañe en esta carrera. En total correremos solo cuatro atletas, eso es todo por el momento -

Cerca del mediodía otra vez Jakub se veía avanzando, por aquel pasillo rumbo a la oficina de su amigo, que lo había citado para la última reunión antes de la carrera.

Al cerrar la puerta los dos amigos se saludaron y nerviosamente Antón dice – bueno "checo" quizás sea el último momento que estemos juntos, nadie puede prever lo que esta por suceder, pero al menos la vida me devolvió la oportunidad de volver a encontrarte y tener quizás yo en mis manos la posibilidad de ayudarte – dicho esto Jakub, se acerca a la ventana y desde ella le dice – desde aquí veo a mi gente deambular en ese espacio sin rumbo claro, también me siento sucio por mentirles, pero es posible que hoy todo resulte y yo más adelante tenga la posibilidad cierta de ayudarlos gracias a tu apoyo, por ello quiero agradecerte infinitamente por todo lo que has hecho y vas a realizar, en nombre de todos gracias y ojala podamos algún día encontrarnos y disfrutar pero de otra forma, sin miedo ni sobresaltos – terminado de decir esto, ambos amigos se estrechan en un largo abrazo, efectivamente ellos lo sabían sería el último quizás, por lo que se tomaron el tiempo para desearse suerte en la carrera. Antón antes de abrir la puerta le replica a su amigo - mayor suerte para ti estimado amigo, ya que tendrás que correr cincuenta y dos kilómetros más para llegar a la frontera, la que se comunica con las montañas, será una carrera de "largo aliento", como me gustaría cronometrarte y se sonríe – después prosigue – yo demoraré lo que pueda, pues junto a mi acompañante con el cual ya estamos de acuerdo en deshacernos del motociclista, provocaremos demora para el regreso. Haz de saber que mi fiel subordinado, acompañante de esta carrera está en contra de todo lo que ocurre producto de lo realizado por el Führer, por lo tanto me ayudará contigo, pero recuerda que tienes de tres a cuatro horas sin mi protección, porque esas serán las horas que ocuparé en volver y tú lo aprovecharás para ir hacia la frontera, ¡ suerte !, a propósito sigue hablando Antón – ¿como te guiaras hacia las montañas que quedan al noroeste? – de entre sus ropas Jakub sacó una brújula y le dijo – con éste obsequio que fuera entregado a mi padre en cierta ocasión, creo que me servirá para guiarme ante tal emergencia -

Antes de cerrar tras de si la puerta definitivamente, Jakub se vuelve y le dice a Antón – si por alguna razón no nos podemos ver, ni comunicarnos te invito a juntarnos en el estadio en donde ocurra la Maratón en los Juegos Olímpicos, ¡ donde sea ! esto ocurre cada cuatro años; nosotros ya no podremos competir, por lo menos deberíamos mirar la carrera juntos ¿qué te parece?

claro que producto de la guerra, el año pasado fue suspendida la contienda pero ¿como ya en el año 1948 no se terminara esta pesadilla?, ese será el momento ¿no crees? -

Con una escasa sonrisa en su rostro Antón indica – es una excelente invitación, sino nos ubicamos antes ¡ ahí estaré esperándote !, sino llegas pensaré que te aburriste de esperar – ambos saben de que se trata, un silencio profundo los rodeó, pero internamente ya se habían impregnado de lo pactado y sin agregar una sola palabra, cada cual se dio media vuelta para separarse y aceptar lo que venía.

Justo a la 15:00 horas un disparo de fusil da el inicio de la comentada carrera y los invitados ante tan inusual situación eran dos atletas judíos que pertenecían al Campo de Concentración y dos atletas alemanes que pertenecían al cuerpo del ejercito alemán a cargo de la vigilancia de la comunidad judía, además acompañaba en la carrera 1 motociclista provisto de un fusil ametralladora, quien se disponía a acompañar desde atrás al pelotón que corría; también este sujeto servía para verificar en terreno la distancia corrida por cada competidor hasta la meta final, que era el mismo portón donde se inició la carrera.

La primera hora de carrera fue un poco lenta por el escaso y nada conocimiento de la superficie que transitaban, los cuerpos se estaban acostumbrando al constante desnivel del camino enfrentado. Antón, corría como siempre delante de su amigo y con un franco desplazamiento ganador.

Gracias al horario del día, fue escaso el control observado en el camino y cuando se encontraron con dos guarda controles apostados, el motociclista se adelantó e intervino en la explicación de la presencia de tal evento. Llamaba la atención la serie de sonrisas que despertaba, entre los encargados del control respectivo, cuando observaban a la comitiva deportiva.

Faltaban un poco más de seis kilómetros cuando de pronto el

acompañante de Antón, se desplomó en el suelo tras una mala pisada, trato de recuperarse pero no pudo; en eso Antón corriendo grita – guardia verifique el estado del atleta y si su estado es malo que espere la vuelta de nosotros -

Acto seguido se vuelve el motociclista y tras conversar con el atleta accidentado, reinicia la marcha de su moto y se propone alcanzar al grupo que ya había avanzado alrededor de dos kilómetros, una vez logrado, la moto se pega al lado de Antón y el motociclista le explica que el atleta esta con un esguince de tobillo y casi no puede caminar ; sobre la misma Antón piensa y dictamina – ¡ Guardia ! usted se vuelve inmediatamente , vaya a dejar al accidentado al recinto y cuando termine de hacer eso, vuelve a encontrarnos para ver nuestra situación -

Ante tal aseveración el guardia dice - creo que debería seguir con ustedes, por la responsabilidad que me queda para evitar algún posible escape, en estas condiciones – Antón con voz agitada pero firme, le ordena – ya escuchó su orden, la que debe efectuar en el acto, lo demás es mi responsabilidad, ¡ váyase !, cuide usted del malherido que yo cuidaré del resto.

Si mediar un reclamo más, el guardia se dispuso a efectuar la orden encomendada e inicio su vuelta hacia el lugar donde se encontraba el atleta accidentado.

Calculando haber avanzado un kilómetro más, Antón pide parar la carrera y rápidamente dirigiéndose a su amigo le dice – bueno Jakub, estamos de suerte, gracias a la ayuda de nuestro acompañante atleta podemos seguir con el plan programado, por lo tanto se necesita que de inmediato me golpees lo más fuerte que puedas para que parezca un asalto – ¡ no puedo hacerlo ! dice Jakub – ante lo cual le ordena Antón - no vamos a discutir ahora, pero dile entonces a tu acompañante que lo haga y sin lástima porque ello le podría salvar la vida a ustedes y a mi en lo personal, esto debe ser ahora, ¡ ya !. Jakub habla con su acompañante de nombre Simón y luego de un par de minutos, el hombre se acerca a Antón y dice – gracias por lo efectuado, lo que haré no es nada personal, me duele tener que realizarlo - Cual boxeador experto, Simón le propina un violento golpe de puño en el rostro, muy cerca de la nariz, situación que junto con estallar un charco de sangre, hace retroceder a Antón, al mismo tiempo que recibe sin piedad otro golpe que lo deja casi inconciente, en ese momento siente que su cuerpo se inclina hacia la derecha y cae de bruces, golpeándose nuevamente su rostro contra una vieja raíz; casi con la vista somnolienta por los golpes, ve a su amigo como se arrodilla a su lado y pareciera llorar pidiéndole perdón, por la situación ocurrida, en ese momento Antón con la voz media entrecortada le exige – corre ahora "checo" más que nunca, recuerda una de nuestras tantas carreras, cuando caído tú me dijiste ¡ corre ahora sin mi !, pues bien ahora te toca a ti correr solo, no te olvides amigo que debes ganarle al tiempo no a una persona, anda ¡ corre !, Jakub le dio una ultima mirada a su amigo, ya en franco desvanecimiento e inició nuevamente su carrera, perdiéndose entre unos matorrales bajos.

Habrían pasado unos quince minutos, cuando Antón recuperó la razón un tanto confundido, sin embargo, rápidamente supo lo que pasaba, se levantó y comenzó el regreso a su lugar de estadía, al mismo tiempo que trataba de manejar una mejor historia sobre lo ocurrido.

En un acto de análisis corporal palpo su rostro y se dio cuenta que su pómulo había crecido, su cara presentaba un corte superficial, su nariz todavía dejaba escurrir algo de sangre y el golpe en la raíz le había roto el cuero cabelludo; producto de todo esto su camiseta que usaba para la carrera, estaba estéticamente mal presentada por las gotas de sangre, tierra y el sudor producido por el esfuerzo realizado.

Pensó – así y toda esta situación me ayudará a mejorar mis razones, ante la investigación –

La vuelta hacia el Campo de Concentración fue con bastante dificultad y gracias a que las banderillas estaban colocadas cada 500 metros, pudo desplazarse bien en pro del encuentro, del lugar de inicio de la carrera.

Ya caía el manto nocturno alrededor del lugar, cuando dos potentes luces se avistaron a lo lejos, eran dos motocicletas que venían hacia él; en ese momento se dejó caer y simulando no poder casi levantarse, de pronto se encontró frente a su personal que bajaba rápidamente a auxiliarlo.

¿Qué pasó mi coronel? ¿dónde están los demás?, a esto contesta Antón – la verdad que no logro descifrar el por qué de lo sucedido; los judíos atletas una vez que detectaron que quede solo y haber avanzado unos dos kilómetros aproximadamente, me atacaron sin piedad ya lo ven y han huido, no sé hacia dónde.

El segundo guardia que no preguntó nada, hizo andar la moto y dijo – iré tras ellos – ante esto Antón dijo - le agradezco su ímpetu, pero ya se hace de noche y malgastaremos el tiempo y recursos, por lo demás debemos avisar una vez llegando al recinto, ¡ esos pobres infelices no podrán llegar lejos ! ya que la frontera es nuestra, además que si pretenden llegar a los países cercanos, la mayoría de estos comparten nuestras ideas o son nuestros como Checoslovaquia; por lo pronto, debemos remitir lo antes posible lo ocurrido al alto mando –

Ya había dejado de dar claridad el día y estaba dando paso a la presencia de la noche, cuando apareció en el portón del Campo de Concentración, lo que quedaba de la carrera más los dos motociclistas.

La comunidad judía con movimientos y gestos de tener frío por mantenerse a la intemperie, esperando ver el resultado de la carrera, no entendía lo que pasaba, solo miraba y esperaba algún informe.

Había pasado una hora exactamente, cuando se abre la puerta del "hospedaje judío" y aparece el mismo guardia que los había instado a retirarse a sus piezas y les indica a todos - el coronel a cargo, requiere que en quince minutos más, alguien que los represente vaya a su oficina para entregarle información de alta importancia - dicho aquello, cerró la puerta y se marcho.

Nuevamente el guardia apostado en la puerta de la oficina del oficial a cargo del recinto, sintió el sonido característico del piso de madera, que pareciera quejarse cuando lo transitan, ahí estaba una persona que se acercaba a hablar con el jefe directo, quien lo esperaba.

Se abrió la puerta y al entrar Antón quedó sorprendido, tratando de disimular su percepción interna, saluda y pregunta - ¿usted es la representante ahora y como se llama? -

Con voz firme la persona recién llegada dice – me llamo Marie Volobková y soy judía checoslovaca, me han designado representar al grupo detenido, hasta saber de Jakub; señor ¿para qué me necesita? –

Hasta donde se acordaba Antón, en ningún Campo de Concentración se tenía como representante a una mujer, por ello su asombro; no obstante ello sintió respeto por lo presenciado y rápidamente dijo – su amigo Jakub y Simón no permitieron que todo lo preparado terminara en forma feliz, como lo puede observar usted, fui atacado por ellos y luego huyeron no se hacia donde. En todo caso ya no tendrán regalías extras, mantendrán las actuales condiciones, no se aceptaran "pedidos continuos" muchos de los cuales ya se habían concedido como gesto de solidaridad para con ustedes, ¡ eso ya no existirá más ! y solo podrán usar la cancha para su entrenamiento una vez a la semana, ¡ señora puede retirarse !

terminó diciendo mientras se levantaba de la mesa –

La señora impávida, recibió lo enunciado por Antón, caminó hacia la puerta y antes de traspasar el dintel de la misma se da vuelta y con voz segura le indica – ¡ señor ! muchas acciones realizadas por nosotros los humanos se producen debido a la cosecha de nuestros mismos errores – dicho esto, cierra la puerta y se va sin esperar respuesta a lo comentado.

Ahora más asombrado todavía Antón por lo escuchado, reacciona y en voz baja parece contestarle desde su soledad, a la señora – si supieras la verdad absoluta, no me dirías esto; yo coseche hoy día lo que se preparó durante mucho tiempo y fue para salvar a alguien que a lo mejor los va ha ayudar–

CAPITULO   X

RECUERDO DE UNA ÉPOCA

Después de haberse preocupado de enviar reportes al Alto Mando alemán informando de lo acontecido y a la espera de alguna resolución al respecto, se retiró a su pieza para tratar de descansar.

Al tratar de dormir nuevamente, apareció el esfuerzo inútil por tratar de hacerlo, sin embargo, solo pensaba ¿que estaría haciendo su amigo y dónde estaría?

Por su parte Jakub y Simón una vez de haber dejado a Antón después del accidente preparado por ellos, enfilaron hacia los matorrales, ahora estaban solos y la dependencia les pertenecía, por lo que correr era solo su única misión.

Cada descanso no eran muchos minutos, puesto que ambos sentían perder tiempo con aquello y además por la cercanía de la noche que rápidamente cubría la tierra, lo que obviamente les dificultaba el andar sobre todo en una zona arbustiva.

Ya habían pasado alrededor de cuatro horas y solo acompañado con una pequeña linterna, ambos hombres se detuvieron junto a un tronco a descansar. Los dos se quedan mirando y se notan cansados y con pocas fuerzas para seguir, entonces habla Simón – Jakub, sé que piensas que le pegue muy fuerte a tu amigo, pero no tuve otra alternativa, era necesario hacerlo para que resultara veraz su coartada, de lo contrario puede traerle problemas, esperemos que no.

Haciendo una pausa Jakub indica – la verdad que te creo, pero en otras circunstancias menos graves que las que nos a tocado pasar no las aceptaría de tu parte; pero tienes razón, esperemos que le vaya bien a Antón, por lo pronto debemos seguir ya que según mis cálculos no debe quedar más de una hora para alcanzar las montañas, y ahí puede decirse que soy yo el dueño de la situación, porque ahí nací y conozco sus caminos, atajos y árboles aún a oscuras; por lo demás también debemos estar muy cerca del lugar de nuestro grupo armado de la Resistencia, entonces avancemos.

Ya era mas de media noche cuando Jakub le pide a Simón detenerse y dice – fijémonos de la brújula por última vez pues ya creo estar en el límite fronterizo o de lo contrario ya estamos muy cerca de alcanzar el interior de las montañas de Checoslovaquia, pero me interesa conocer en este momento cual es nuestra verdadera dirección.

Al mirar la brújula que su padre le había regalado, observa que la flecha muestra el Noreste, ubicación celosamente seguida durante todo el trayecto; los ojos de Jakub brillaban aunque sin ver bien donde estaba, el presentía su lugar, su territorio, su casa.

No alcanzo a demostrar una callada alegría en la inmensidad del bosque elegido para descansar, cuando se escucho una fuerte voz ¡ alto, levanten las manos, identifíquense !

Claro pensó de inmediato Jakub – la luz de la linterna nos delato y además porque no podía ser tan fácil, no podía ser tanta felicidad, aquí estamos otra vez con la dificultad, y solo alcanzó a decirle a Simón - tratemos de encargarnos de ellos si podemos, son solo tres alemanes - Un suboficial alemán se acerca y con voz prepotente repite ¡ identifíquense, de lo contrario disparamos !

Jakub y Simón alzan la manos y se identifican, a esto se acercan los alemanes con sus fusiles apuntando y agregan – ¡ al suelo y despacio, sin movimientos bruscos !

En eso Jakub alcanza a ver como Simón aprovechando la inclinación de su pierna derecha, aprovecha para deslizarse como una especie de tacle o patada contra un guardia, a la vez que se abalanzaba sobre un segundo guardia que se sostenía parado.

La expectación de la sorpresa permitió que el tercer alemán perdiera de vista por unos escasos segundos a Jakub, el cual al reaccionar le asestó un golpe de muerte involuntario en el cuello del guardia. En eso ve como Simón da cuenta fatal de un guardia alemán, pero al tratar de ir por el primero que él había sorprendido, éste ya se encontraba de pie y le apuntaba mortalmente a su cuerpo, fue así como se escucho el primer disparo de fusil, que retumbo como el fuerte despertar de un volcán milenario.

La figura de Simón siempre fuerte pareció realizar una venia ante el estallido, sin embargo como no aceptando tal pleitesía se volvió a erguir y al iniciar un segundo intento de ataque contra el que lo hería, éste ya le asestaba un rápido segundo disparo, el cuerpo de Simón ahora pareció obedecer la orden anteriormente dada; antes de desmoronarse por completo, miró a Jakub como preguntándole ¿ por qué?

Con el segundo disparo ya Jakub estaba a unos centímetros del guardia agresor, éste al percatarse del movimiento de Jakub, gira con la culata del fusil y conecta violentamente un fuerte golpe a uno de sus ojos.

Ante tal golpe Jakub comienza a caer y al mismo tiempo siente un ardor y un manto de calor sobre su cara, al asentarse su cuerpo en el suelo ya sabe que su ojo ha sido casi eliminado, pero así y todo quiere recuperarse para ir tras su oponente; en eso siente como una bota de cuero le aplasta rudamente el tórax y a unos centímetros de su nariz observa el cañón oscuro de un fusil, que parece mirarlo inquieto; en eso escucha una voz que le grita – ¡ acompaña a tu amigo, muere !

Ante estas frías palabras, Jakub sabe que debe aceptar la realidad y se prepara rápidamente para iniciar una carrera como las que hacía antes, pero hacia una meta talvez más tranquila en donde el silencio será su contendor y así se resigna a esperar un nuevo disparo, el cual sin demora llega como lo esperaba, es decir, realizando un estruendo ejemplificador, digno de escuchar en aquella densa montaña solitaria.

Antes de desmayarse por el cansancio, el dolor en los ojos y lo ocurrido, Jakub sin entender casi, escucha en idioma familiar decir – tómenlo despacio y llévenlo al refugio, ¡ rápido ! –

El amanecer se presento helado, con temperaturas que hacían incómodo el dormir, fue entre esto y otros motivos que hizo que Jakub despertara y al tratar de abrir sus ojos, volvió a sentir un dolor tan grande como su sorpresa al verse rodeado de dos hombres, que sólo atinaban a mirarlo y a sonreírle un tanto; no paso más de tres minutos cuando se sentó en su cama y preguntó ¿dónde estoy?

Un hombre de aspecto rudo pero de voz pausada le indico - usted ahora esta en las montañas del Noroeste de Checoslovaquia, ¿ que hace aquí? ¿ como se llama ? ¿ es alemán ?

Jakub casi sin entender y en forma desesperada pregunta - ¿ que paso conmigo y el alemán que me apuntaba ?

En eso se adelanta el segundo hombre que al parecer hacía de jefe y le dijo - Mi nombre es Ladislao Poniek, pertenecemos a la Resistencia llamada "Defensa de la Nación", justo anoche estábamos en una labor de inspección de frontera cuando escuchamos el primer disparo, los diez hombres que andábamos corrimos hacia el lugar del sonido, pero nos desubicamos y solo lo encontramos a ustedes cuando escuchamos bastante cerca el segundo disparo; la verdad que sino le disparo a tiempo al alemán, usted ya no esta aquí conversando con nosotros - hace una breve pausa y prosigue - puede usted ahora contestar las preguntas realizadas por mi amigo - apuntando al hombre de aspecto rudo que se encontraba al parecer esperando alguna respuesta.

Entonces Jakub se llevó una de sus manos al ojo herido y dijo - este dolor ya no lo soporto, pero les diré que estoy aquí por haberme fugado del Campo de Concentración que esta a las afueras de Dresden; me llamó Jakub Fajkus, soy checoslovaco-judío y pertenezco a la ciudad de Cheb, mi padre lleva por nombre Ondrej –

El hombre que se hacía llamar Ladislao le indico – si lo que dices es verdad, te ayudaremos en todo lo que este a nuestro alcance, pero si no es así eres hombre muerto, es decir, mi disparo que le quitó la vida a un alemán sólo hizo alargar tu agonía – dicho esto se levantó y se marchó de la pieza.

Pasaron cerca de dos horas cuando apareció de nuevo y le dijo a Jakub – bienvenido coterráneo, hemos averiguado tus datos entregados y efectivamente nos ha dicho la verdad ¿en qué podemos ahora ayudarte?

Casi sin poder aguantar el dolor a la vista Jakub solo se remite a decir – por favor llévenme donde un médico creo que mi ojo esta bastante mal y no quisiera perderlo –

Dicho lo expuesto, dos hombres lo toman, lo sacan de la cama y lo trasladan rápidamente hacia un viejo automóvil que estaba al parecer esperando.

Al llegar al hospital junto a los dos hombres, se introduce al interior del recinto y un par de médicos le indican acercarse a una sala de atención. Luego de estar siendo revisado por alrededor de media hora, un médico de aspecto delgado se le acerca y le dice – señor Fajkus debemos extirpar parte del ojo izquierdo, no alcanzamos a salvarlo, pasaron demasiadas horas para su atención y esto también debe hacerse a la brevedad para evitar posterior daño al ojo derecho, esta en usted su permiso para operar, pero no queda otro camino ¿qué dice?

A lo indicado Jakub piensa – seguramente nada es en vano pero debo estar agradecido de poder hoy vivir y quizás tener la posibilidad de reivindicarme algún día – pensando ello mira al doctor y le dice – doctor haga lo que tiene que hacer, el ojo que me deje podrá disfrutar de lo bello que puede ser el mundo una vez que se termine la guerra, por lo tanto, adelante –

En esa parte de Checoslovaquia la mañana estaba bastante avanzada y por un pasillo de un viejo hospital se deslizaba una cama con un paciente, rumbo a una operación que sin duda le iba a significar a Jakub perder una visión pero no el camino que tantas veces había soñado caminar, como era el de disfrutar de todo lo bueno que la vida le podía entregar, sin dejar de aportar positivamente a lo que las circunstancias le permitieran desarrollar.

Esa misma mañana, pero en las cercanías de Dresden Antón se sentía un poco más seguro de lo que se había planeado, pero sin dejar de tener cierta preocupación por la reacción futura del Alto Mando y la nula información acerca del accionar de su amigo en el escape.

Estaba el reloj a punto de marcar las primeras ocho horas del día 13 de Febrero de 1945, cuando un guardia alerta a Antón que se acerca una

comitiva alemana al lugar. Esto lo
sonrojó, inmediatamente, se alisó con
sus manos el uniforme y se dispuso a
enfrentar la situación.

Al salir a recibir a los visitantes,
pudo ver que era la institución de
seguridad del estado alemán de ese
momento, es decir la S.S., nuevamente
en persona y quien se bajaba del auto
negro, no era otro que el mismo oficial a
quien él le había arrebatado a su amigo
Jakub desde los camiones, que llevaban
presos judíos al Campo de
Concentración de Auschwitz.

Después de un saludo ,solamente
de rigor, Antón invita al oficial de la S.S.
a su oficina.

Una vez allí, antes que Antón inicie
la conversación, el oficial de la S.S. se
adelanta y con voz de mando dice –
señor Schlesinger he sido mandatado
para ejercer el esclarecimiento de los
acontecimientos ocurridos, aquí está la
resolución de la orden superior, por lo
que de este instante ya no está a cargo de
este Campo, el encargado momentáneo

seré yo, por lo que le solicito me deje por hoy reunir los antecedentes inmediatos, en lo posible destrabe posibles conflictos en base a lo expuesto y así en el curso de diez días tendremos la verdad de lo ocurrido; le deseo suerte y puede, por mientras, preparar sus maletas y disponerse a viajar a Nuremberg donde podrá descansar diez días, el auto que me asignaron lo acompañará y la partida será a la 12:00 horas, quizás alcancemos a dialogar antes de su retiro -

dicho esto dejó escapar una tenue sonrisa en su rostro -

Antón, no alcanzó a decir nada, más sus cuerdas vocales y boca jamás las sintió preparadas para rebatir lo expuesto, sólo atinó a retirarse y a preparar sus maletas.

Le había incomodado notoriamente la situación pasada, pero sentía que más que eso era la presencia del oficial de la S.S., del cual sólo se acordaba de su nombre Harry; pero debía mantener su compostura para evitar mayores sospechas de lo efectuado.

Cerca de las 11:00 horas a su puerta tocó un guardia, el que le pidió presentarse a la oficina del personero que lo iba a reemplazar, Antón, un tanto extrañado, asiente con la cabeza la orden y se dispone a ir al encuentro de una segunda visita, antes que termine el medio día.

Al entrar el oficial ahora a cargo lo invita a sentarse y caminando lentamente en el despacho le dice – ¿quiere informarse del reporte de los fugados? me acaba de llegar.

Antón, tratando de mantener la tranquilidad, decide escuchar con atención lo ofertado.

El oficial de la S.S. dice – que en la frontera con Checoslovaquia, pero hacia el noroeste en el sector montañoso que se comunica con la ciudad de Cheb, han encontrado cuatro muertos – justo en ese instante el oficial a cargo, hace una pausa y se dispone a mirar por la ventana, tantas veces visitada por Antón, éste a su vez no fue capaz de sobreponerse a la espera y pregunta ¿se sabe la identificación de los muertos?

Ante tal pregunta, el oficial a cargo con una calma indescriptible, se acerca a la mesa donde se encontraban los reportes oficiales y le dice – ahí se encuentran los nombres y apellidos, solo falta uno y queremos que usted nos ayude a solo confirmarlo, porque el motociclista que anduvo con ustedes, como se fue al lugar de los hechos informó todo y solo falta su ratificación, como encargado oficial de este Recinto –

Antón ocultando su desesperación por ver los nombres del mencionado reporte, revisó con la vista pausadamente, la identificación realizada, una vez hecha dejó caer su ya pesado cuerpo en la silla y colocándose las manos en ambas rodillas como tratando de afirmarlas dijo – si el guardia determinó que el atleta muerto era Simón Tepsky, entonces el que alcanzó a escapar fue el "checo" - ante esto el oficial que se hacía llamar Harry ,

se vuelve y con sus ojos que parecían
haber tomado una nueva claridad de la
ya tenida, le indica - ¿porqué "checo"?
, ante esto Antón, retuvo la respiración, se
paró de su silla y tratando de sacar un
cigarrillo para demostrar tranquilidad le
dice - el que se escapó es oriundo de
Checoslovaquia y se llama Jakub Fajkus,
debido a ello se le llamaba "checo", eso
es todo -
      El oficial de la S.S. mirándolo
fijamente, regresa sobre sus pasos y se
vuelve a dirigir a la ventana, quedando
imperceptiblemente inmóvil, luego de
haber pasado cerca de treinta segundos
que parecieron treinta minutos, decide
hablar mirando la pista de carrera, que
ya no tenía a nadie a esa hora corriendo -
¿sabe? ¡ ahora me acordé dónde lo he
visto o mejor donde nos hemos visto ! -
      Esa pregunta, conjunta a una
respuesta, a Antón lo incomodó
verdaderamente, ahí también en ese
preciso instante descubrió su siempre
irracional nerviosismo por el oficial de la
S.S.; desde que llegó este personero tan

temprano, él se desequilibró y pensó –
talvez mi cuerpo algo detectó en esta
persona, que yo pensante, no he podido
darle la respuesta exacta a su
desasosiego – estimado colega de armas -
prosiguió el que se hacía llamar Harry –
también quiero decirle que no se
necesitaran diez días para averiguar que
pasó con la "famosa carrera", tengo en
este momento el retrato exacto de lo que
ocurrió –

Esas palabras resultaron ser la caída
de un velo formado por infinitos
pedazos de hielo, los que enfriaron el
cuerpo de Antón, intempestivamente. Ya
agotado de tanta parsimonia y pausas en
la conversación, se levanta de la silla y
pregunta ¿quién es usted? ¿cómo puede
saber algo, donde usted no ha
participado?

Al unísono el oficial de la S.S. se
voltea desde la ventana y le dice – me
llamo Herbert Harry Frönsche Völke,
soy de Hamburgo ¿no se acuerda?

Antón no pudiendo salir por hoy de
varias sorpresas, trata de acordarse de

aquel hombre; cuando de pronto suelta de la mano lo que le quedaba de cigarrillo, cayendo éste al suelo, su cuerpo lo siente molido, su piel lo siente mojada, entonces rápidamente se vuelve hacia el diván que después de almuerzo siempre ocupaba y mirando a la vez hacia el suelo piensa – si es lo que yo creo, seré la presa más fácil de comer – ahora en una posición de aceptación a lo que viene, pregunta - ¿eres aquel hombre de Hamburgo, de fiero temperamento, que empató conmigo en la última maratón universitaria?-

El llamado Harry se acerca a Antón y esta vez sin hacer pausa le dice - ¡ efectivamente, ese corredor soy yo ! y es más, el que se escapó es el famoso "checo", usted lo mencionó sin darse cuenta, indicio que inmediatamente me hizo recordar la alianza con usted, en cuanto a su amistad largamente divulgada; por lo demás – prosigue - este judío era conocido por todos los atletas de ese entonces, por su gran categoría para correr, y no me cabe ninguna duda de que usted lo ayudó, en ésta, quizás su última carrera juntos ¿no es así? – Ya cansado de estirar y ocultar todo lo concerniente a lo acontecido, Antón se levanta del viejo diván y dice – ¡ es un caso policial resuelto !, no deseo culpar a nadie, seguramente mi comportamiento se interprete como una traición al Tercer Reich, pero hay que estar y pasar por donde yo tantas veces pasé y creo que lo volvería a hacer, por lo tanto, esta usted en posición de detenerme, yo debo responder por lo ejecutado, puede ordenar usted oficial, realizar lo que es pertinente en estos casos –

CAPITULO   XI

VIVIENDO CON UN SECRETO

Avanzaba el día hacia las trece horas con diez y ocho minutos, cuando después de escuchar lejanamente un continuo ruido de motores por varios largos minutos, la gente del Campo de Concentración observó, al igual que los

guardias oficiales del recinto y los dos
guardias personales del oficial de la S.S.
y el chofer, caer desde el cielo una
infinidad de puntos negros que cubrían
el cielo, el espectáculo parecía una
siembra de tulipanes negros; de pronto
se escuchó un grito de terror que
paralizó todas las mentes ¡ son bombas!,
¡ los ingleses están atacando!

Era como lo indicado, la nube de
puntos negros que cubría el cielo de
Dresden, ese día 13 de Febrero de 1945
era el ataque con bombas que habían
efectuado en ese momento la Real
Fuerza Aérea de Inglaterra, a pedido del
Primer Ministro, el Señor Winston
Churchill.

Antón alcanzó a observar cómo la
tierra de la cancha de atletismo se alzaba
en el aire producto de una inmensa
explosión, ambos sujetos trataron de
recuperarse de la impresión del ruido,
que apareció sin una caballerosa
explicación; ya nada los hacía
controlarse, sólo buscaban algo que los
ayudara a protegerse. No alcanzaron a

llegar al final del pasillo cuando dos bombas reventaron a escasos metros, sus cuerpos parecían levitar en el pequeño espacio de la construcción.

Los ataques aéreos se iniciaron a la hora comentada y prosiguieron toda la tarde y gran parte de la noche. Reportes posteriores, alusivos al hecho decían que la ciudad y sus alrededores habían ardido siete días y ocho noches, poco podía rescatarse de tal desastre, porque además la zona en cuestión, nunca fue defendida por los alemanes.

Habían pasado cuatro días del asalto aéreo inglés, cuando la suave caricia de una mano cálida, que se escurría por la frente de Antón, hizo que éste de pronto abriera los ojos y casi entrecortada su voz preguntara ¿qué paso? ¿dónde me encuentro?

Ante esto la persona que realizaba la caricia se acercó a la mejilla de Antón y le dice - soy tu madre, estás en un lugar habilitado como hospital de emergencia y recibiste alrededor de cuatro días atrás

la descarga de miles de bombas que nos
enviaron por aire los ingleses – es más
prosigue la madre – trata de no moverte
mucho, has sido operado tres veces bajo
estas condiciones, por lo que debes tener
mucho cuidado con tu pierna izquierda
la que fue muy afectada, al igual que tu
brazo izquierdo, además de todas tus
quemaduras que espero no se infecten;
hijo a sido una real suerte que tú estés
vivo, ahora trata de ayudarte para vivir y
luego recuperarse si podemos –
     Habían pasado seis días de los
hechos acontecidos, cuando Antón se
acuerda de los últimos minutos con el
oficial llamado Harry y trató de
levantarse, pero un fuerte dolor en el
brazo izquierdo y la pierna del mismo
lugar, lo derribaron a su posición normal
en la cama.
     Cuando llegó su madre a visitarlo al
otro día, sólo atinó a decirle: – madre,
averigua qué ha pasado con el señor
Harry Frönsche Völke, que pertenece a
la S.S. la organización militar y de
seguridad del Partido Nacionalsocialista

Alemán y que se encontraba conmigo al momento de la caída de las bombas, en este momento no sé nada de él, esto es muy importante para mi, por favor ayúdame con la información –

Antes de salir su mamá se inclina y le dice – ¿por tu padre no preguntas? – Antón, sobre la misma reacciona y dice no es eso, pero dime ¿qué es de él? Bueno, he sabido que está todavía en la costa de Francia al mando de un destacamento, pero nada más sé de él, dice preocupada la madre –

A los cuatro días de haberle pedido el favor a su madre, Antón la ve entrar por la puerta de la pieza en que se encontraba, no se la veía muy contenta. La madre, al llegar a los pies de la cama de Antón, se acerca y le dice – encontré a tu amigo, está a unas escasas cuadras de aquí, en otra casa habilitada como hospital de emergencia y hace unos minutos antes de venirme, dejó de existir, no pudo nunca recuperarse, tenía todo el cuerpo quemado y ¡ adivina hijo ! – a esto Antón se apresura ansioso a preguntar ¿madre, por favor, qué? – la madre prosigue – el cuerpo de tu amigo salvó tu vida, me digieron que cuando te encontraron, estabas tú debajo de su cuerpo, por lo tanto, él aguanto consciente o no el "huracán de fuego", que produjeron las bombas inglesas ese aquel día –

Después de hacer una pausa, la madre continuó - ¡hijo, creo que deberás buscar la forma de reconocer el aporte para con tu vida! no lo olvides, ¡ah! también debo indicarte que me informaron que tu amigo, había sido igual como lo eras tú, un gran maratonista en la ciudad de Hamburgo, en su época estudiantil ¿lo sabías? –

Todo el relato hecho por la madre de Antón involucrando la pregunta final de ésta, no hizo otra cosa que retroceder al oficial, justo al día en que el oficial de la S.S. había descubierto lo planeado con Jakub, ante aquella realidad se sienta sobre la cama y mirando a su madre le explica: – para tu conformidad debo decirte que competí con él en una oportunidad, también junto a Jakub ¿te acuerdas de mi mejor amigo de la época estudiantil Básica hasta la Universitaria? – la madre asiente positivamente con la cabeza – después continua Antón – en esa ocasión que era la última competencia universitaria para nosotros y que con ella al irnos bien podíamos optar a competir para el cupo olímpico, nos dieron al mencionado señor de Hamburgo y a mi el segundo lugar, es decir, fue un gesto de cortesía para ambos, porque nos declararon empatados y bueno Jakub fue el campeón, por lo tanto madre, ¡ claro que lo sabía !, es más el día que cayeron las bombas que fue el 13 de Febrero, justo nos estábamos acordando de ello, pero las explosiones de las bombas, me hicieron perder la conciencia hasta ahora – Cuando vio perderse a su madre entre la gente que entraba y salía del "recinto hospitalario", notó que su cuerpo demostró un movimiento de descanso, ante lo cual no se resistió y terminó apoyando su cabeza en una almohada pequeña, pero blanda.

Cuando sus ojos se posaron, en el cielo raso del lugar designado como hospital, sabía que la vida le había entregado otra oportunidad para vivir, pero que también debería llevar cuidadosamente por siempre un secreto de vida, con el cual seguramente debería con él morir.

Durante los primeros quince días de Mayo de 1945, se produjeron noticias de significancia mundial puesto que junto con haber anunciado la muerte del Führer Adolf Hitler (30/04/1945), al mismo tiempo se destacaba el retroceso absoluto de la gestión bélica de Alemania en el ámbito mundial, lo que se plasmó con el levantamiento de la ciudad de Praga contra los ocupantes nazis y que cuatro días después, es decir el 09 de Mayo de 1945 era liberada Praga definitivamente, por el ejercito soviético. Ante estos y otros sucesos se termino por aceptar que la Segunda Guerra Mundial estaba expirando, lo que sucedió alrededor del 12 al 14 de Mayo de 1945. Al informarse de estos acontecimientos, Antón ya un tanto recuperado de su salud, pero todavía con una pierna a la rastra y un brazo en cabestrillo, no hacía otra cosa que tratar de ver como saber del estado de su amigo Jakub. Pero la circunstancia de salud personal y la restauración de su ciudad natal y por ende de Alemania, alejó por un tiempo, el sentimiento de saber lo que había pasado por esa ya, una vieja amistad.

CAPITULO XII

EL PRIMER LLAMADO

Apareció en el Calendario mundial el día 18 de Julio de 1952 y a Antón se le veía en su casa un tanto preocupado arreglando un par de maletas.

Su familia conformada por su esposa Margareth y dos hijos Ellen y Albert, lo instaban a que se dé prisa para llegar con tiempo al aeropuerto, ya que más tarde sería transportado en avión a Helsinki, capital de Finlandia.

La llegada a Helsinki fue un tanto convulsionada por la presencia de tanto extranjero en la zona, y más aún por las diferentes delegaciones deportivas del mundo, que se habían acercado para competir en los Juegos Olímpicos. Cita deportiva que había sido preparada por la mencionada ciudad, que en esta oportunidad hizo de sede mundial.

Cuando Antón entró por las escalinatas del estadio donde iba a presenciar la gran Maratón, no podía creer el colorido y magnificencia de la ocasión, gran cantidad de gente solía tomar gaseosas o cosas pequeñas de comer, esperando la gran carrera.

Para Antón no había sido un gran día, ya que sólo en la competencia de los 5.000 metros planos, un compatriota suyo había alcanzado medalla de bronce, sin embargo en esa misma carrera y en los 10.000 metros planos había ganado un checoslovaco al que apodaban "la locomotora checa" y que ahora también corría la maratón.

No cesaba de mirar y observar la magnitud del estadio, pero también se levantaba y giraba sobre si como buscando a alguien, claro la promesa hecha a su amigo había resultado de su parte, pero su contraparte no aparecía y talvez nunca, ya que él no pudo presentarse hacía cuatro años atrás, en Londres cuando se le prohibió que compitieran los alemanes. Se puso a pensar – quizás si está vivo él habría llegado a Londres y como a mi no me dejaron asistir por la prohibición que existía en Inglaterra, pudo pensar lo peor; sin embargo yo estoy en las mismas condiciones hoy y esta ocasión la entenderé como la última para encontrarnos -

Estaba convertido en un verdadero mar de pensamientos y movimientos observatorios, cuando el estallido de un público enfervorizado por la llegada de los atletas despertó al desconcertado doctor.

Ahí estaba el ejemplar corredor checoslovaco terminando la carrera, fue un griterío y un impresionante aplauso que hacía brillar a quien había logrado lo que nunca nadie había hecho, que era ganar las tres pruebas de fondo en un mismo campeonato. El reconocimiento que el público le hizo, fue un claro homenaje al esfuerzo titánico realizado. Pasado unos diez minutos de terminada la contienda y al saber ya que ningún atleta alemán había logrado una medalla en la Maratón, Antón respiró hondo y bajó la cabeza y se dijo – que bueno habría sido si Kajub hubiera estado aquí, creo que el sí se merecía recibir el homenaje de ver ganar tantas veces a su compatriota, lo siento de verdad mucho – en eso estaba, cuando por los parlantes del estadio se escucha con tono fuerte – "segundo llamado, se ruega al doctor Antón Schlesinger asistir a la cabina de informaciones" - repito dice la voz con potencia - "tercer llamado, se ruega al doctor Antón

Schlesinger asistir a la cabina de informaciones, gracias" -

Lo que había escuchado sus oídos lo hizo levantarse de su asiento, otra vez sintió como alguna vez, que un manto de hielo estaba recorriendo su cuerpo y atinó a sólo andar y preguntar por la cabina de información.

Mientras torpemente caminaba, por la dificultad que le ponía su pierna izquierda dañada hace siete años pensaba, quién lo llamaba o para qué lo necesitaban, ¿sería Jakub?

Nerviosamente se pasaba la palma de las manos por su pelo y en vano trataba de colocar un botón de su abrigo en un ojal siempre difícil de manejar, así y todo enfrentó un largo pasillo donde al final se alcanzaba a leer un letrero que decía "Informaciones", cuando llegó a la oficina, antes que las encargadas le preguntaran algo, él se identificó y solicitó le dijeran para qué lo habían citado por altoparlante, ante esto una de las señoritas le indica – me pidieron que si usted se presentaba lo pasara a la sala,

por favor acompáñeme - hecho esto la
señorita abre una puerta y hace pasar a
Antón, quien al enfrentar el espacio que
tenía la mencionada sala, sintió
repentinamente que su cara hacía un
esfuerzo por sonreírse sin poderlo hacer
completamente, ¡ claro ahí estaba !
¡ Jakub !, un poco más corpulento, su
cabellera un tanto blanca y un ojo
tapado con una anteojera de cuero negro.
Los dos hombres se miran y sin
apuro alguno se abrazan largamente; de
ambos rostros caen gruesas lágrimas y
pequeños sollozos, que al parecer habían
estado tanto tiempo guardados. Se
separan un poco y con voz entrecortada
Jakub le dice ¿cómo estás?, ante la
pregunta Antón trata de recuperarse y
dice - bueno como me ves, bastante
entero, pero con una pierna complicada,
que la tengo así como recuerdo del
bombardeo de Dresden, pero bien al
menos pude llegar a verte, como tú me lo
habías pedido antes de correr la famosa
Maratón hacia tu escape - hace una

pausa y prosigue – y a ti ¿cómo te trata la vida? -

Jakub contesta - mira me encuentro todavía bien, aunque perdí este ojo izquierdo por un culatazo (apunto con el dedo índice su vista tapada) que recibí por un guardia que me detuvo en la frontera, aquella tarde que me escapé del Campo de Concentración, quizás si hubiera recibido una rápida atención lo habría salvado, pero en fin, yo diría que hoy comienza mi recuperación total, porque junto con la alegría que invade mi corazón por lo logrado por nuestro compatriota Zatopek, el atleta triunfador de la maratón de hoy; también este día me ha dado la posibilidad de recuperar al amigo perdido; quiero ser franco contigo, yo vine sin esperanzas de verte, cuando supe lo del bombardeo de Dresden y que casi no quedo nada ni nadie, ahí dude de volverte a encontrar, me apenaba el no haber tenido la posibilidad de agradecerte lo realizado por mi – tomándolo por un hombro e invitándolo a salir de la sala Antón le dice - gracias por tu aprecio, pero si la vida me brindara la posibilidad de ayudarte a huir o en lo que las circunstancia me exigieran, otra vez no lo dudaría -

Esa noche en Helsinki fue una velada muy especial para ambos hombres, ya que alrededor de cuatro horas estuvieron comiendo y disfrutando buenos vinos y junto con ello, charlaron y se comentaron todos los pormenores de sus aciertos y desaciertos hechos después de su última carrera juntos, nada quedó para ellos sin que una palabra o sonido no le trajeran al recuerdo todo lo que querían ambos decirse, después de tanto tiempo separados.

Ya al otro día en el aeropuerto, dejan pesadamente sus maletas en el suelo y después de arreglarse un poco las chaquetas y de haberse cerciorado de estar con sus pasajes respectivos de cada país en orden, Jakub es el primero que se acerca a su amigo y le dice - ahora que ambos sabemos que estamos casados y con dos hijos cada uno, deberíamos llamarnos y por supuesto ver la forma de reunirnos en familia ya sea en tu hermosa Dresden restaurada y conocer a tu familia o en mi recuperada Cheb y junto a mi familia podríamos perfectamente tratar de recuperar y seguir cultivando aquella amistad, es decir nuestra amistad que un día la guerra trató de separar –

En eso Antón le sonríe y se acerca a su amigo y le indica – hagamos entonces realidad tu propuesta y permanezcamos en contacto, ojala que ahora en adelante no nos perdamos de vista, en eso se abrazan fraternalmente, para después despedirse solo con una sonrisa y un mutuo ¡ hasta siempre amigo !

Había caminado cuatro pasos Jakub, cuando siente el llamado de su amigo que a esa distancia parado frente a él, le pregunta – tengo una sola duda en este esperado encuentro - ¿cuál será? pregunta Jakub – soltando la maleta de su mano Antón le dice - ¿por qué? a través de los parlantes, dijeron "segundo llamado" y luego "tercer llamado", ¡ nunca hicieron el Primer Llamado ! ¿Sabes tú, "checo" que pasó? - Me iba a mi país creyendo que ya no lo ibas a preguntar, que bueno que lo hiciste, le dice Jakub – y prosigue – resulta amigo que el primer llamado lo había hecho ya en el estadio de Wembley, en Londres hace cuatro años atrás, cuando se hicieron los Juegos Olímpicos en Inglaterra, después de haber terminado la Segunda Guerra Mundial, en esa ocasión no me atreví a pedir un segundo llamado, porque a ustedes los alemanes no lo dejaron pasar, esa es la respuesta –

Parado y sin moverse Antón replica – hace cuatro años atrás yo era dirigente máximo de la Delegación Atlética de la Maratón por Alemania y no nos permitieron competir en Wembley, eso significó no asistir - en ese instante quiso agregar algo más, pero no pudo, entonces, sin mediar otra cosa, Antón le da una última mirada a su amigo, se da vuelta y comienza a caminar lentamente, siente que no es capaz de decir nada más y se aleja entre la gente hacia el anden de su avión. Por otro lado Jakub, lo queda mirando desde la distancia y cree adivinar el sentir de su amigo, y que sería el haber tenido hace cuatro años atrás la oportunidad de haberse encontrado y así evitado de arrastrar una larga agonía por encontrarse y que justo hoy día se extinguía. Dirigió su mirada hacia el piso, recogió sus maletas, respiro hondo y termino por hacer lo mismo que su amigo, se volvió sobre sus anteriores pasos y se perdió entre tanta gente, que a esa hora tomaba los aviones hacia tantos destinos.

Los nuevos rumbos que ya iniciaban estos dos hombres, estaban completos de calma y felicidad, ya que estas sólo pudieron detectarse, gracias al respeto a la palabra empeñada y al sueño de estos dos osados corredores.

FIN